KB074317

월간
정여울

이 책에 사용된 그림은 클로드 모네의 작품입니다.

알록달록

서로 다른
차이들이 만드는
아름다운 세상

월간
정여울

천년의상상

차례

서로
다른
차이들이
만드는
아름다운
세상

들어가는 말

알록달록,
아롱다롱, 울긋불긋

그저 듣기만 해도 마음속에 총천연색 팔레트가 부채처럼 펼쳐지는 느낌을 주는 단어가 있다. 단어 자체에 축제의 흥성거림이 담뿍 묻어 있는 의태어들, 예컨대 알록달록, 아롱다롱, 울긋불긋 같은 어여쁜 의태어들이 그렇다. 사물의 다채로움, 존재의 다양성, 저마다의 개성을 한껏 펼치는 사람들의 인생을 떠올리게 하는 의태어이기도 하다. '알록달록' 하면 빨간 머리 앤의 타오르는 듯한 붉은 머리카락과 초록 지붕 집의 싱그러움이 떠오르고, '아롱다롱' 하면 영화가 끝날 때 눈물이 가득 맺힌 채로 극장의 스크린을 바라보는 순간의 벅찬 감동이 떠오르고, '울긋불

굿' 하면 가을의 한가운데 내장산을 빼곡히 덮은 단풍들이
펼쳐내는 지상의 불꽃놀이가 떠오른다.

　이런 의태어들을 가만히 소리 내어 발음해보면 저마다의
빛깔을 뿜어내는 것들, 마치 한껏 목을 내밀어 제 존재의 아
름다움을 드러내는 꽃들처럼 그렇게 빛나는 존재들이 떠오
른다. 그런데 다름을 받아들이는 것, 엄청난 차이를 받아들
이는 것은 결코 쉬운 일이 아니다. 『빨간 머리 앤』의 초입부
에서는 자신의 타오르는 듯한 붉은 머리를 스스로 혐오하는
앤의 슬픔이 눈에 띈다. 앤은 이 빨간 머리 때문에 자신이 완
전히 행복할 수 없다고 생각한다. 앤은 처음부터 환영받지
못한다. 마릴라는 앤을 보자마자 "남자아이는 어디 있느냐"
라고 물으며 기겁한다. 남자아이를 데려와 농장 일을 도와
야 한다는 목적의식 때문에 지금 눈앞에서 가냘픈 고아 소
녀가 울음을 터뜨리며 다만 따뜻한 사람의 손길을 그리워한
다는 것을 포착하지 못한다. 하지만 그 처참한 문전박대의
순간에도 자기소개를 하며 자신은 그냥 보통 앤이 아니라
'E가 들어간 앤Anne with an E'이라고 불러달라는 이 당돌하
고도 어처구니없는 아이에게 마릴라는 연민과 호기심을 느
끼기 시작한다. 태어나 한 번도 누군가의 넉넉한 사랑을 받

아본 적이 없는 고아 소녀 앤의 붉은 머리 뒤에 감춰진 놀라운 총명함과 해맑은 순수성을 가장 먼저 알아본 것은 오히려 무뚝뚝하고 융통성 없어 보이는 매슈다. 하지만 작품을 계속 읽을수록 우리는 알게 된다. 매슈는 답답하고 재미없는 사람이 아니라 타인을 쉽게 판단하지 않는 신중함을 지닌 사람이라는 것을. 매슈는 앤이 남자아이가 아니라는 것을 가장 먼저 발견하고도 앤을 그냥 보내버려야겠다고 생각하지 않는다. 그는 아무것도 쉽게 버리지 못하는 사람, 그 무엇이든 오래오래 곱씹어보며 사랑할 기회를 놓치지 않는 아름다운 사람이다.

  최근에 『위대한 개츠비』를 다시 읽으며 '알고는 있지만 실천이 잘 되지 않는 아름다운 문장'을 만났다. 개츠비의 친구 닉의 아버지가 닉의 어린 시절에 해주셨던 말이다. "다른 사람을 비판하고 싶어질 땐 잊지 말아야 한다. 이 세상 사람들이 모두 너처럼 좋은 환경을 타고난 것은 아니라는 걸 말이야." 닉은 어린 시절부터 타인에 대한 판단을 유보하는 습관을 들여왔다. 그리하여 그는 남에게 쉽게 실망하지 않고 남을 쉽게 싫어하지 않고 누구든 오래오래 관찰하고 이해하려고 노력하는 놀라운 포용력을 지니게 된다. 그래서 귀찮게 구는 사람도 많고 "제발 내 이야기 좀 들어달라"라며 떼를 쓰는 사람도 많지만, 차라리 온 세상이 똑같은 제복을 입고 영원히 동작 그만의 상태를 유지해주었으면 좋겠다는 망상에까지 빠지기도 하지만, 닉은 그 모든 사람들을 저마다 아름다운 풍경화처럼 찬찬히 멀리서 바라볼 줄 안다. 판단을 뒤로 미룬다는 것은 곧 무한한 희망을 품는 일이라는 것을 알기 때문이다. 이것이 모두가 개츠비를 욕하고 비난할 때도 닉 혼자서만 개츠비의 인간적 품위를 존중할 수 있었던 진짜 이유다. 그는 모두가 개츠비의 갑작스러운 부의 축적을 수상쩍어하며 그의 '정체성'을 의심할 때, 개츠비에게서 '희망을 발견해내는 비범한 재능'과 '앞으로 다시 만날 수 없을 것 같은 낭만적인 예민함'을 발견해낸다. 개츠비의 '차이'를 '차별'하지 않음으로써, 개츠비의 '다름'을 진정한 '개성'으로 받아들임으로써 그는 이방인 개츠비와 유일한 친구가 될 수 있었다.

때로는 '다양성'이라는 것이 너무 야단스럽고 복잡하고 시끄럽고 도저히 받아들일 수 없는 어처구니없는 상황의 연속처럼 느껴질 때도 있다. 하지만 살면 살수록 차이들이 좋아진다. 나와 다른 것들에 깊은 관심을 가지게 된다. 이제야 조금 알 것 같다. 내가 받아들일 수 있는 세상의 다채로움이 커질수록 내 삶의 반경 또한 넓어질 수 있음을. 세상 모든 알록이달록이들, 아롱이다롱이들, 울긋불긋한 존재들이 더 이상 "네가 더 까맣잖아, 내가 더 하얗잖아"라고 싸우지 말았으면. 이것은 끊임없이 더 나은 존재가 되기 위해 온 힘을 다해 노력하는 사람들이 더욱 빠지기 쉬운 오류이기도 하다. 내가 더 옳고 내가 더 멋져 보이고 싶은 욕망 때문에 우리는 자칫 타인의 아름다움, 나와 다른 것들의 소중함을 외면하거나 폄하할 수도 있다.

이번 월간 정여울 『알록달록』에는 이 세상 모든 서로 다른 것들이 아름다운 차이의 축제를 벌이는 장면을 상상하며 다양한 에세이를 써보았다. '알록'과 '달록' 사이에는 위계가 없다. '아롱'과 '다롱' 사이에도 우열이 없고, '울긋'과 '불긋' 사이에도 서열이 없다. 이 모든 것들은 하나의 평면 위에 조화롭게 존재할 줄 안다. 나는 오늘도 이 세상 모든 것들이 차별 없이, 서열 없이 그 자체로 제 나름의 빛깔과 향기를 지닌 것들의 신명 나는 축제와 향연을 펼치기를 꿈꾼다.

클로드 모네는 내게 '알록달록'이라는 단어만으로는 이루다 말할 수 없는 온갖 색채의 향연을 그림으로 보여주었다. 지베르니에 있는 모네의 정원에 갔을 때, 나는 비로소 모네가 꿈꾸던 세상의 살아 있는 유토피아를 이해할 수 있었다. 겨울을 빼고는 꽃들이 한순간도 완전히 시들어버리는 일이 없도록, 이쪽에서 꽃이 지면 저쪽에서 꽃이 피어나도록 완벽하게 설계된 모네의 정원. 그곳에서 모네는 자연의 천변만화한 아름다움을 집 안으로 몸소 초대하는 길, 그 아름다움을 혼자서만 감상하는 것이 아니라 온갖 친구들과 후배들, 방문객들이 함께 향유할 수 있는 마음의 길을 모색했다. 나는 월간 정여울 여덟 번째 이야기 『알록달록』이 삶의 찬란한 순간들을 '책이라는 또 하나의 정원'으로 안내하는 눈부신 초대장이 되기를 바란다.

동네 소문난 맛집에서 점심을 먹기 위해
길게 늘어선 줄 맨 뒤에 서서
그냥 갈까 도전해볼까 궁리하며
서성이는 한낮의 오후에, 정여울

설렘이
우리를
부를
때

설렘은 첫사랑이나 입학식에만 느끼는 감정이 아니다. 봄
꽃의 꽃망울이 터질 때, 아이들이 걸음마를 시작할 때, 처음
으로 떠나는 배낭여행의 짐을 꾸릴 때, 우리는 첫사랑 못지
않은 설렘을 느낀다. 새로운 일을 시작할 때 그 일이 우리 마
음을 두근거리게 하는 순간. 원래 알던 사람이라도 오늘따
라 그 사람을 만나는 것이 왠지 떨리고 긴장되는 순간. 그 모
든 삶의 두근거리는 순간이 '아직 우리는 무언가에 설렐 수
있다'는 희망을 갖게 한다. 그런데 설렘은 그저 되는 대로 흘
러가는 대로 산다면, 좀처럼 잘 느껴지지 않는다. 설렘은 삶
의 적극성과 밀접한 관련이 있다. 수동적으로 주어진 일, 외
부에서 기획된 만남에만 신경을 쓰다 보면 좀처럼 설렘을
느낄 기회가 오지 않는다. 적극적으로 삶의 새로운 에너지
를 찾기 위해 노력하는 사람들에게 설렘의 순간은 더 자주

찾아온다. 끊임없이 새로운 것을 배우려고 노력하는 사람들, 새로운 친구를 만드는 것을 두려워하지 않는 사람들에게 설렘의 축복은 자주 찾아온다. 게다가 나이가 들수록 설렘과 익숙함, 설렘과 매너리즘, 설렘과 권태 사이의 거리는 점점 더 좁아진다. 예전에는 그렇게도 잘 두근거리던 마음이 이제는 자꾸 '아, 이거 안 해봐도 다 알 것 같은데'라는 익숙한 기시감으로 채워지는 것이다. 나이가 들수록 설렘을 느낄 수 있는 경우의 수도 줄어든다. 새로운 설렘을 느끼기 위해, 삶의 싱그러운 자극을 잃어버리지 않기 위해 우리는 끝없이 노력해야 한다.

올해 초 평창 동계 올림픽에서 대활약을 펼친 컬링 선수들의 경기를 보면서 나는 오랜만에 스포츠를 통해 '설렘'을 느꼈다. 축구, 농구, 야구 같은 대중적인 스포츠에도 별다른 감정을 느끼지 못했던 내가 컬링처럼 독특한 종목에서 설렘을 느낀 이유는 무엇일까. 그것은 바로 '마음속에 새로운 방'이 만들어지는 느낌이었다. "영미야"라는 애타는 부름 소리가 환청처럼 아무 데서나 들리고, 컬링 용어를 검색해서 경기 방식을 알아보기도 하고, 컬링 경기를 텔레비전을 통해서라도 응원하기 위해 아침 일찍 알람을 맞춰놓고 일어나기도 했다. 그 모든 설렘의 순간들 속에서 '컬링'이라는 단어가 내 마음속에 커다랗고 아름다운 방을 뚝딱뚝딱 만드는 느낌이었다. 무엇이든 새로운 것에 관심을 가지는 일, 그리하여 그 일이 내 삶의 진정한 관심사로 바뀌고, 전혀 모르던 것들을 알기 위해 노력하는 일이 전혀 아깝지 않은 것. 그것이 바로 마음속에 새로운 방이 생기는 순간의 기쁨, 인생에서 새로운 설렘이 시작되는 일의 기쁨이다.

나는 그런 설렘을 책을 읽을 때도 자주 느낀다. 매일 새로운 책을 검색하고 최대한 자주 책을 구입할 때마다 여전히 두근거리는 심장박동을 느낀다. 책을 읽는다는 것은 전혀 모르는 사람과 하루 종일 대화를 나누는 느낌을 준다. 그 사람이 무슨 이야기를 할지, 어떤 삶을 살아왔는지, 어떤 글로 나를 감동시킬지 매번 두근거리는 마음으로 책장을 넘긴다. 작가를 직접 만나지 않아도 책을 읽는 것만으로도 우리는 그의 가장 깊숙한 마음속에 감춰진 소중한 생각의 편린들을 알아낼 수 있다. 얼마 전에는 여성 과학자 호프 자런의 『랩 걸』을 읽으며 그런 설렘을 느꼈다. 나무를 연구하는 과학자 호프 자런은 세상 모든 것이 두렵던 아르바이트생 시절을 거쳐 엄청난 노력 끝에 스물여섯 살에 조교수가 되고,

그럼에도 좀처럼 마음의 안정을 얻지 못하며 고군분투하던 이십여 년의 '실험실 생활' 속에서 자신이 무엇을 깨달았는 지를 이루 말할 수 없이 솔직한 문체로 들려준다. 그녀는 나무의 성장과 죽음을 연구하는 과학자의 '실험실Lab'이 결코 정적이고 세상과 격리된 공간이 아니라, 세상과 뜨겁게 소통하는 열정의 공간임을 보여준다. 그녀는 나무를 연구하며 나무 안에서 자신의 삶을 바라본다. 우리 모두가 끊임없이 싹을 틔우고 이파리를 길러내고 열매를 창조하는 나무와 같은 존재임을 평생에 걸친 수많은 실험을 통해 깨닫는다.

나는 식물의 생장을 연구하는 데 자신의 평생을 바친 한 여성의 이야기가 이토록 흥미롭고 감동적일 수 있다는 사실에 뜨거운 위로를 받았다. 그녀가 '훌륭한 과학자가 되고 싶다'는 마음의 씨앗을 키우는 모습, 임신했다는 이유만으로 연구실에서 그녀를 쫓아내는 세상에 맞서 그럼에도 불구하고 자신의 꿈을 포기하지 않고 꾸준히 정진하는 모습, 남편도 동생도 연인도 아닌 '동료' 빌과의 평생에 걸친 우정과 위대한 파트너십에 대해 이야기하는 모습, 그 모든 것들이 마음속에 따뜻한 설렘의 발자국을 남겼다. '올해도 반드시 연구비를 타내야 한다'는 경제적 압박감 속에서, '여자라는 이유로 항상 차별받는 사회'와 맞서면서 그녀가 자신의 실험을 위해 모든 것을 걸 때마다, 나는 마치 내가 고난에 빠진 과학자가 된 것처럼 긴장감과 설렘을 함께 느꼈다. 그녀는 자신의 조수인 빌과 함께 줄곧 현실의 장벽에 부딪히지만 두 사람은 매번 놀라운 우정과 뭉클한 치유의 몸부림 속에서 어른이 된 후에도 끊임없이 성장한다. 책을 덮을 때는 두 그루의 위대한 거목을 바로 앞에서 바라보고 있는 듯한 행복한 착각이 들었다. 호프 자런의 연구를 마치 자신의 인생처럼 소중히 여기고 그녀의 학생들을 자신의 자식처럼 아끼며 살아온 빌의 따스한 미소가 눈앞에 그려지는 것 같았다. 바로 이런 순간, 나는 '설렘'이라는 것이 우리 삶에서 얼마나 중요한 역할을 하는지를 새삼 깨닫는다.

설렘은 새로운 출발을 하고 싶은 열망을 불러일으킨다. 좋은 책을 읽으면 '나도 이렇게 사람의 마음을 설레게 하는 책을 쓰고 싶다'는 간절한 소망이 마치 첫사랑처럼 강렬한 두근거림으로 다시 태어난다. 여러 번 느꼈던 감정임에도 불구하고 마치 처음인 양 또다시 새로운 것. 그것이 설렘의 신비로운 매혹이다. 그리고 그 안에는 분명 예전과는 전혀 다른 어떤 새로운 싱그러움의 기운이 깃들어 있다. 설렘은

'늘 똑같은 일상'처럼 보이는 매일의 시간을 뭔가 다른 것으로 바꾸는 마력을 지녔다. 소중한 깨달음을 주는 책을 읽을 때마다 나는 마치 처음 작가로 데뷔할 때의 미친 듯한 설렘이 다시 내 안에서 꿈틀거리는 것을 느낀다. 첫 마음을 기억해낸다는 것, 내가 처음 무언가를 진지하게 시작할 때의 바로 그 설렘을 기억해낸다는 것은 영원히 늙지 않는 심장을 소유하는 것처럼 강력한 힘을 발휘한다. 매너리즘에 빠지지 않는 것, 권태에 길들어버리지 않는 것, 나아가 가장 외롭고 힘든 순간에도 다시 시작할 용기를 낼 수 있는 힘. 그것이야말로 '설렘'이 지닌 결코 고갈되지 않는 심리적 에너지다.

오랫동안 친하게 지내온 선배가 나에게 이런 고민을 털어놓았다. 그는 평생 누군가를 돌보고 걱정하고 책임지는 데 익숙해져 있는 사람이었다. 부모님이 일찍 돌아가셨고, 고등학교 때부터 자신의 인생을 책임져야 했으며, 나중에는 누나를 먼 나라로 유학 보내고 '기러기 동생'이 되어 누나의 학비를 대준 사람이었다. 이제 누나가 어엿한 음악가가 되어 동생에게 용돈도 보내줄 수 있게 되고, 선배도 오랜 고생 끝에 집도 사고, 수많은 이직 끝에 마음에 드는 직장을 구하게 되었다고. 그런데 이제 처음으로 '나만의 삶'을 시작할 자

유가 생기니까, 이제야 늦은 나이에 사랑을 하고 싶고 가정
도 꾸리고 싶다고. 나는 선배의 파란만장한 인생 이야기를
구구절절 알고 있기에 그의 아픔의 정체가 무엇인지도 느
낄 수 있었다. 한 번도 자신을 위한 인생을 살아본 적이 없다
는 것, 그래서 너무 외롭고 한스러웠다는 것을 잘 알고 있었
다. 그때는 뭐라 위로의 말을 해줄 수 없어 당황스러웠는데,
이제야 생각이 났다. 선배, 이제 처음으로 '나만의 삶'을 시작
할 자유가 생겼으니까 뭐든지 처음 시작해보는 설렘을 느
껴보는 게 어때요? 사랑하는 사람과 처음으로 가정을 꾸려
보는 기쁨, 아이를 낳아 걸음마를 지켜보는 기쁨. 그 모든 것
이 '처음'이니 얼마나 설렐까. 지난날은 그만 안타까워하고,
늦은 나이 탓은 절대로 하지 말고, 지금까지 타인을 보살피
기만 하다가 놓쳐버린 설렘의 목록들을 적어보자. 지난날을
후회하기보다는 아직 도전하지 못한 모든 것들에 설렘을 느
끼며 새로운 꿈을 시작하기 위해, 오늘은 가장 빠르고 적당
하며 멋진 날이니까. 삶이 가장 아프고 쓰라리게 느껴지는
순간, 무언가에 설렐 수만 있다면 당신은 다시 일어나 모든
것을 새로 시작할 힘을 가진 것이니까. 설렘을 느낄 수 있는
한, 우리의 심장은 아직 팔딱팔딱, 건강하게 뛰고 있는 것이
니까.

느리게
읽고
힘겹게
쓰기의
아름다움

『인어공주』 원작보다는 디즈니 애니메이션을 먼저 보는
요즘 아이들, 그리고 끝내 『인어공주』 원작은 읽지 않는 학
생들에게 '원작'의 소중함에 대한 강의를 한 적이 있다. 디즈
니 애니메이션은 물론 재미있고 알록달록 어여쁘고 '어떻게
든 해피엔딩'이라 달콤하지만, 원작 동화에는 끔찍한 장애
물을 이겨내고 생의 근원적 상처와 용감하게 대면하는 존재
의 처절한 아름다움이 있다. 나는 '원작에는 있고 애니메이
션에는 없는 것'에 대해 이야기했다. 느리게 읽고 힘겹게 글
쓰기보다는 쉽게 유튜브 동영상으로 정보를 접하고 인터넷
검색으로 빠르게 글을 쓰는 요즘 학생들에게 '원작 읽기와
손 글씨로 글쓰기'를 강의한다는 것은 계란으로 바위 치기
만큼이나 어려운 일이다. 읽기를 과제로 내도 읽어 오지 않
는 경우가 많아 '현장에서의 실시간 낭독'으로 수업 방식을

바꾸어보았다. 학생들의 저항도 있지만 효과는 분명 있다.

아이들은 한 문장 한 문장 원작을 읽으면서 축약된 동화나 애니메이션에서는 찾아볼 수 없는 감동의 요소들을 찾아내곤 한다. 예컨대 원작에는 이런 장면이 나온다. 인어공주의 할머니가 '인간 세계'와 '인어 세계'의 차이점을 설명해주는 대목이다. 인어는 300년 동안 바닷속에서 별다른 걱정 없이 평화롭게 살 수 있고, 인간은 기껏해야 100년도 제대로 못 살지만 죽고 나면 '불멸의 영혼'을 얻을 수 있다고. 다섯 명의 언니들은 불멸의 영혼이 있지만 사는 내내 불안한 인간 세상이 아닌, 불멸의 영혼은 없어도 300년 동안 편하게 살 수 있는 바닷속 세상을 택한다. 그런데 여섯 번째 인어공주만은 다르다. 막내 인어공주는 단호하게 불멸의 영혼을 택한다. 인어공주의 꿈은 단지 왕자와의 결혼이 아니라 인어는 얻을 수 없고 인간만이 얻을 수 있는 불멸의 영혼을 쟁취하는 것이었다.

그런 점에서 인어공주는 문학 평론가 죄르지 루카치가 말하는 '문제적 인물'이다. 모두가 "예스"라고 말할 때 "아니오"라고 말할 수 있는 존재, 모두가 아무 문제없이 이 세계에 적

응하지만 "나는 결코 적응하지 않겠다, 세상을 바꾸겠다"라
고 선언하는 문제적 인물인 것이다. 안데르센의 인어공주는
더 어렵고 더 힘든 길을 택함으로써 편안한 생존의 길보다
는 자유롭고 창조적인 삶을 향해 용감하게 나아간 것이 아
닐까. 이렇듯 인어공주에게 인간 세상의 매력과 공포를 알
려주는 존재는 할머니인데, 애니메이션에서는 할머니의 존
재가 아예 사라진다. 그런데 놀랍게도 디즈니 애니메이션에
서는 인어공주를 다시 '인간'으로 만들어주는 존재가 아버
지다. 강력하고 권위적인 가부장이 힘없는 딸의 소원을 들
어주는 디즈니 애니메이션의 서사에는 인어공주가 스스로
운명을 개척하는 힘겨운 과정이 대폭 생략되어 있다. 게다
가 왕자와 결혼하지 못해도 인간이 되지 못해도, 마침내 자
신의 삶을 스스로 창조하는 감동이 삭제되어 있다.

　이렇게 내가 울컥한 심정으로 『인어공주』 원작의 비극적
아름다움을 강의했는데, 어떤 학생이 '글쓰기'를 통해 이런
감상을 보내왔다. "나는 절대 인어공주처럼 바보 같은 삶을
살지 않을 것이다. 반드시 왕자의 심장을 정확하게 찔러 내
생명을 되찾을 것이다. 인어공주는 충분히 살 수 있는데도,
살 수 있는 기회를 놓쳐버린 것이다." 가슴이 무너져 내렸다.

어떻게 하면 학생들에게 해피엔딩이나 적자생존보다 더 소
중한 인간의 비극적 아름다움을 전달해줄 수 있을까. 인어
공주는 언니들이 구해준 마녀의 칼로 왕자의 심장을 찌르
면 자신이 '인어의 행복하고 평화로운 삶'으로 돌아갈 수 있
음에도 불구하고 그 쉽고 편안한 길을 택하지 않는다. 다른
여자와 첫날밤을 보낸 왕자의 행복하게 잠든 얼굴을 보면서
증오와 복수심이 아닌, 그럼에도 불구하고 멈출 수 없는 자
신의 사랑을 발견하는 것이다. 설사 내가 물거품이 되어버
릴지라도, 그토록 꿈꾸던 인간의 삶, 불멸의 영혼을 얻을 수
없을지라도, 왕자를 차마 찌르지 못하는 인어는 인간보다
더 인간답고, 이미 불멸의 영혼보다 더 소중한 무언가를 얻
어낸 것이 아닐까.

　점점 더 학생들은 종이 책 읽기를 멀리하고, 종이 위에 손
글씨로 자신만의 문장을 쓰는 것을 귀찮아하지만, 나는 이
렇게 느리게 읽고 힘겹게 글쓰기를 통해 내가 얻은 삶의 진
실을 조금이라도 더 쉽고 재미있게 전달해주고 싶다. 「센과
치히로의 행방불명」에서 마녀 제니바의 말처럼, 마법으로
얻은 것은 마법처럼 쉽게 사라지니까. 느리게 실을 잣고, 힘
겹게 옷감을 짜는 아날로그적 노동으로 생계를 이어가는 제

니바는 화려하고 카리스마 넘치는 쌍둥이 마녀 유바바의 마
법처럼 '쉽고 빠르게 이루어지는 세상'이 아닌 '느리지만 힘
겹게 비로소 내 손으로 개척해나가는 세상'의 아름다움을
보여준다. 나는 책보다는 유튜브로 정보를 습득하려는 학생
들에게 이런 내 마음을 전달해주고 싶다. 글 읽기와 글쓰기
도 그렇게 손으로 실을 잣고 바느질을 하는 힘겨운 노동처
럼 '기계나 마법으로는 가능하지 않은 세계, 노동의 결과보
다는 과정 그 자체가 아름다운 세계'의 소중함을 증언하는
인간의 포기할 수 없는 열망임을.

저잣거리의
이야기꾼
이옥의
글쓰기

어른이 되어 진정 하고 싶은 일을 하면 마냥 행복할 거라
생각했다. 그러나 하고 싶은 일을 한다고 해서 언제나 행복
한 건 아니다. 아무리 좋아하는 일에도 권태가 찾아온다. 나
도 가끔 그럴 때가 있다. 글 쓰는 일을 사랑하지만 때로는 들
끓던 열정이 고갈되고 휴식이 필요할 때가 온다. 그럴 때 나
는 옛사람들에게 의지한다. 나는 이옥(李鈺, 1760~1815)의 작
품에서 항상 '글을 쓰는 첫 마음'을 되찾게 해주는 마법을 느
낀다. 첫 마음을 잃어버릴 위기에 처할 때마다 나는 이옥을
생각한다. 그는 과거 시험에 일곱 번 낙방했다. 실력이 모자
라서가 아니라 '문체가 괴이하고 격식에 어긋난다'는 이유
로 수석 합격이 취소되기도 했다. 정조 시대 문인들의 창조
적 글쓰기를 억압한 전대미문의 문체반정에서 가장 심각한
처벌을 받은 자가 바로 이옥이었다. 반역도 역모도 아닌 '괴

이한 글쓰기' 때문에 양반의 자격마저 박탈당한 작가가 바
로 이옥이었다.

　새로운 상상력과 참신한 문체를 인정해주지 않은 정조의
정치적 성향 때문에 많은 문인들이 문책을 당했지만 이옥만
큼 심한 처벌을 받은 사람은 없었다. 정조가 '올바른 문체'의
모범 답안으로 제시했던 육유(陸游, 1125~1209, 중국 남송의 시
인)의 글을 가리켜 이옥은 '늙은 기녀의 가무歌舞'라 깎아내릴
정도였으니, 그는 입신출세를 하기엔 너무 눈치가 없고 순
진한 사람이기도 했다. 하지만 과거 시험 응시 자격을 박탈
당했다고 해서, 그의 작가 인생이 끝난 것은 아니었다. 다만
더 쉽고 더 편안한 길이 좌절된 것뿐이었다. 그는 글쓰기를
멈추지 않고 용맹정진한다. 요샛말로 하면 그의 글에 원고
료를 지불하는 잡지사도 없었고, 그의 글을 책으로 내주겠
다는 출판사도 없었다. 강의를 할 수 있는 학교도 없었다. 하
지만 그는 가난과 고독을 견디며 끊임없이 글을 썼고, 그 글
은 양반들이 좀처럼 눈길을 주지 않는 '평범하지만 위대한
사람들의 이야기'였다. 사회적 지위는 보잘것없지만 저마다
자신의 인생에서 아름다운 이야기를 만들어가는 사람들의
사연들을, 그는 부단히 써 내려갔다.

그가 입신출세의 꿈을 완전히 포기하고 가난한 작가의 길을 받아들이는 순간의 선택을 아름답게 그려낸 작품이 바로 「매미의 권고蟬告」다. 서른두 살 되던 해, 부푼 꿈을 안고 서울로 왔건만 그를 받아주는 곳은 없었고, 초라한 모습으로 고향에 돌아가기도 싫었다. 슬픔에 빠진 그에게 난데없이 매미가 말을 걸기 시작한다. '매암매암' 우는 매미 소리는 이옥의 자호인 매암梅庵과 동음이의어다.

그대로 하여금 그대가 원했던 것처럼 하루아침에 모든 꽃들의 머리를 차지하게 한다면 그 가는 길을 대강 미루어 알 수 있다. 공경公卿에 자리 잡아 밝은 임금을 도와 옥촉玉燭을 고르고 태평을 찬양하려면 다만 세상이 그대를 허여하지 않을 뿐만 아니라 그대의 재주도 또한 감당할 수 없을 것이다. 생용笙鏞의 영광과 보불黼黻의 지위로 국가를 빛내고 일세를 울리는 일은 다만 그대가 미치지 못할 뿐만 아니라 세상도 장차 그대를 허여하지 않을 것이다. 이를 외면한다면 좋은 벼의 남은 붉은 곡식이 시골집의 누른 기장보다 반드시 곱지도 않을 것이요, 가장 괴로운 푸른 도포가 낚시터의 푸른 도롱이보다 반드시 곱지도 않을 것이다. 세상에 그대가 없다고 하여 손실될 바가 없고, 그

대에게 세상이 없어서 또한 욕될 바가 없다. 그러니 그대는 그
대의 뜻을 행하고, 그대가 좋아하는 것을 따를 것이다. 그대가
돌아가지 않으면 누가 돌아갈 것인가? 매암이여, 매암이여, 마
땅히 돌아갈 것이로다.

— 이옥, 실시학사 고전문학연구회 옮기고 엮음,
「매미의 권고」, 『완역 이옥 전집 2: 그물을 찢어버린 어부』,
휴머니스트, 2009, 206~207쪽.

　뭔가 '결판을 내야겠다'는 마음으로 서울에 머물렀지만
그는 아무것도 얻지 못하고 고향에 돌아가야 했던 것 같다.
매미는 그저 자기 나름대로 목청껏 울었건만 좌절감에 빠진
이옥은 그것을 매미의 따스한 충고로 받아들인다. 매미의
울음소리가 "자네는 헛된 꿈을 접고 이제 그만 고향으로 돌
아가는 것이 낫겠네"라는 충고로 들린 것이다. 그와 속 깊은
대화를 나눌 사람이 아무도 없었기 때문에 그는 차라리 매
미와 대화할 수밖에 없었을 것이다. 그는 '세상에 내가 없다
고 하여 손실될 것이 없고, 나에게 세상이 없다고 해서 치욕
이 아니다'라고 긍정함으로써 서울 콤플렉스를, 관직 콤플

렉스를 벗어던진다. 누구의 눈치도 볼 것 없이 '내가 가장 원
하는 것을 지금부터 하면 그만이다'라고 생각하는 순간, 뜻
밖의 자유가 찾아온다.

　이옥은 청운의 꿈을 좌절당한 채 고향으로 돌아와 지내면
서 새로운 친구들을 만난다. 그가 높은 벼슬에 올랐다면 결
코 가까워질 리 없었던 사람들. 노비, 종놈 아이, 장사꾼, 주
막 여인, 기생, 촌로, 평범한 동네 아낙네. 그들과 함께 지내
면서 그는 사대부 출신인 자신의 엄숙주의와 일상에 대한
무지를 깨닫는다. 똑똑한 천민과 어수룩한 양반. 지혜로운
여인과 무책임한 남성. 재기 발랄한 노비와 무능력한 주인.
이옥의 텍스트에서는 이렇듯 기존의 인간관계들이 끊임없
이 뒤집힌다. 그는 천민들과의 대화와 놀이를 통해 깊은 자
의식의 감옥에서 벗어난다.

　「원통경圓通經」은 고통이 영혼을 짓누를 때 그것을 극복
하는 '정신 승리법'에 관한 이야기다. 방법은 하나다. 온몸으
로 타인의 고통을 상상해보는 것이다. 나보다 더 아픈 사람
의 고통 속으로 들어가 보는 것이다. 아궁이의 불이 꺼져 덜
덜 떨면서도 "서울 성안에 가난한 선비가 이 같은 밤을 당하

여 삼 일 동안 쌀이 없고, 열흘 동안 땔감이 없으며, 말똥과
쌀겨가 있을 뿐"인 상태를 상상해본다. 그러자 "문득 훈훈
한 바람이 배 속에서 일어나 방 안을 두루 가득 채워서, 당장
내 방 안이 마치 활활 타는 큰 화로"가 된다. 위 속이 비어 있
을 때는 도리어 굶주리는 백성을 생각하고, 오랫동안 집을
떠나 있을 때는 10년 이상 집을 떠나 고향에 돌아오지 못하
는 나그네를 생각한다. 공부를 하다 졸음에 시달릴 때는 눈
붙일 새도 없는 "아주 바쁜 벼슬아치들을 생각해본다". 지금
나를 괴롭히는 고통 때문에 잠 못 이룰 때, 문득 나보다 더
아프고 나보다 더 힘든 사람의 잠 못 이루는 밤을 생각하면,
모든 불평불만이 잦아들고 타인의 아픔을 생각할 수 있는
마음의 여유가 생긴다.

그를 괴롭히는 문제는 한두 가지가 아니었다. "처음 과거
에 떨어졌을 때는 도리어 궁색한 유생을 생각해본다. 이들
은 머리가 허옇게 세도록 경전을 궁구하였지만 향시鄕試에
한 번도 합격하지 못하였다." 게다가 그는 무척이나 외로운
사람이었다. "외롭고 적막함을 한탄할 때는 도리어 노승을
생각해본다. 이들은 인적 없는 산을 쓸쓸히 다니고 홀로 앉
아 염불한다. 음탕한 생각이 일어날 때는 도리어 환관들을

생각해본다"에 이르면 양반의 엄숙한 표정조차 벗어던진
이옥을 만날 수 있다. '노승처럼 친구가 없다'는 이옥의 고백
에서 눈시울이 붉어지다가 '환관처럼 욕정을 표현할 길 없
는 이옥'을 상상하는 장면에 이르면 그의 깨알 같은 유머 감
각에 웃음 짓게 된다. 내 아픔을 치유하는 것은 오히려 타인
의 아픔이다. 타인의 아픔에 마음을 쓰다 보면 어느새 자신
의 고통을 잊어버리게 된다.

  내가 버리지 못한 크고 작은 욕심이 나를 짓누를 때마다
나를 괴롭히는 크고 작은 근심거리로부터 도망치고 싶을 때
마다, 나는 어떤 보상도 기대도 없이 그저 자신이 하고 싶은
일에 순수한 열정을 쏟아부은 사람들을 생각한다. 성공이나
인기에 대한 열망이 아니라 '좋은 글'을 향한 열망 하나로 평
생을 버텨낸 아름다운 작가 이옥의 '독자'가 될 수 있다는 것
만으로도 행복해진다. 언제 읽어도 뭉클한 감동을 주는 이
옥의 글에 의지할 때마다 다시 내가 좋아하는 글쓰기로 돌
아갈 수 있는 싱그러운 첫 마음을 선물받는다.

아무도
사랑하지
않는
사람들의
인권 선언

　　내가 기억하는 최초의 무성애자는 그리스 신화의 다프네
다. 큐피드의 화살에 맞은 아폴론은 최고의 미모와 재능을
뽐내는, 신들 중에서도 말 그대로 '슈퍼 갑'으로 군림하는 신
이었다. 그런 아폴론이 자신의 모든 자존심을 팽개치고 아
름다운 요정 다프네를 뒤쫓지만 다프네는 한사코 도망친다.
자신의 아름다운 외모가 '문제'라면 차라리 추악한 외모일
지언정 '나만의 삶'을 살아갈 자유를 선택했던 다프네. 그런
다프네를 '사랑의 속박'으로부터 해방시켜준 것은 하신河神
페네이오스였다. 그녀는 아름다운 여인의 몸을 버리고 월계
수로 화하여 자신이 원하던 눈부신 자유를 얻었다. 아폴론
의 손아귀에 붙들리기 직전 펼쳐지는 다프네의 변신 장면을
읽으며 나는 마음속으로 되뇌었다. 사랑할 권리만큼이나 사
랑하지 않을 권리도 소중하다고. 나에게 『무성애를 말하다』

는 사랑하지 않을 자유를 주장하는 사람들의 권리 장전으로
다가온다.

이 책의 저자 앤서니 보개트는 전체 인구의 대략 7~8퍼
센트가 동성애자라면 무성애자의 비율도 1퍼센트 이상이
라고 주장한다. 무성애는 단지 성관계를 혐오하거나 무관심
한 경우뿐 아니라 성욕은 느끼지만 성관계를 원하지 않는
경우, 감정적으로는 끌리지만 성욕을 느끼지 못하는 경우,
성욕도 느끼고 상대에게 끌리기도 하지만 신체적 성관계를
거부하는 경우 등 매우 다양한 방식으로 나타날 수 있다. 그
렇다면 무성애자는 사랑이라는 감정 자체를 전혀 느끼지
못하는 것일까. 사랑의 아픔을 다룬 대부분의 문학 작품이
나 격정적 사랑을 다룬 모든 음악, 미술에도 무관심한 것일
까. 앤서니 보개트는 무성애라고 해서 반드시 로맨스가 결
여된 것은 아니라고 말한다. 사실 로맨틱한 감정은 인류 진
화의 과정에서 극히 최근에 '개발'된 감정이라는 데 많은 학
자들이 동의한다. 즉 '로맨틱한 감정'과 '성관계의 욕망'은 별
개라는 것이다.

많은 사람들은 '사랑 없는 섹스'에 노발대발하지만 '섹스

없는 사랑'에 대해서는 할 말을 잃는다. '섹스리스 커플'의 증
가를 현대 사회의 심각한 병리 현상으로 바라보는 시각도
팽배하다. 성관계를 할 수 있다는 잠재적 가능성이 마치 개
개인의 '능력'의 일종인 것처럼 간주하는 암묵적 분위기도
있다. 성적 매력과 로맨틱한 감정은 '함께 갈 수밖에 없다'는
로맨틱 러브의 신화에 붙들려 있기 때문일 것이다. 또한 무
성애를 일종의 '장애'나 '심각한 병리 현상'으로 볼 필요도 없
음을 강조한다. 저자는 역사적으로 위대한 업적을 남긴 많
은 인물들 중에서 특히 아이작 뉴턴, 에밀리 브론테도 무성
애자였을 가능성이 높다고 말한다. 문학 작품 속 대표적 무
성애자는 명탐정 셜록 홈스다. 남녀 간 밀고 당기기에 관심
을 가지는 셜록 홈스가 육체적 부분에 관심을 갖게 된다면
그의 완벽한 추리력은 반감될 수 있다. 영화로 각색된 셜록
홈스(로버트 다우니 주니어)는 로맨틱한 매력을 갖춘 완벽한 남
자로 나오지만, 실제 소설 속 홈스는 먹는 것은 물론 모든 육
체적 쾌락을 초월해버린 무감각한 존재로 그려진다. 왓슨은
홈스를 이렇게 묘사한다. "매우 집중할 때 그는 음식을 전혀
먹지 않았다. 나는 그가 영양실조로 기절할 때까지 강철 같
은 힘을 사용하는 것을 보았다." 미국 드라마 「빅뱅」의 주인
공 셸든(짐 파슨스)도 시즌 초반까지는 '사랑'을 '전혀 효율성

이 없는, 심리적·육체적 에너지의 낭비'로 바라보는 유쾌한
무성애자였다.

　무성애는 어떤 면에서는 동성애보다 더욱 '차별'당하는
성적 정체성이다. 무성애는 누구에게도 위해를 가하지 않음
에도 불구하고, 대다수 사람들은 무성애가 '정상이 아니다'
라고 판단한다. 무성애는 질병이나 성격이상이 아니다. 사
실 무성애보다 천배 만배 위험한 것은 억지로 상대의 사랑
을 요구하는 스토킹이나 데이트 폭력 같은 것들이다. 이런
광기 어린 집착은 아무리 정당화해도 사랑이 아니다. 내가
아는 한 사랑이란, 그가 겪을지도 모르는 모든 고통에 대한
상상만으로도 가슴이 무너져 내리는 것이다. 그리고 무성애
보다 훨씬 가슴 아픈 일은 분명히 누군가를 사랑하면서도
사랑하는 일이 너무도 고통스러워 사랑 자체를 포기하는 것
이다. 또는 '아무도 날 사랑하지 않아. 그러니 나 또한 아무도
사랑하지 않겠어!'라는 식의 원한 서린 결단이다. 나는 『무
성애를 말하다』를 읽으며 '사랑'이라는 이름으로 자행되는
수많은 폭력에 대해 생각해보게 되었다.

　중요한 것은 무성애자가 전체 인구의 최소 1퍼센트 이상

이라는 정보의 습득이 아니다. '무성애란 무엇인가'라는 질
문을 성에 대한 수많은 해결되지 않은 질문들에 비춰보는
것, 즉 '이성애란 무엇인가', '동성애란 무엇인가', '성적 정체
성이란 과연 스스로 증명할 수 있는 것인가' 같은 질문을 때
로는 진지하게 때로는 유쾌하게 던져보는 것이다. 사실 무
성애자가 아닌 사람들도 '무성애적 시간'을 경험한다. 이성
애 성향이 강한 사람들도 '아무도 사랑하지 않는 시간'을 거
친다. 또한 우리가 진정으로 창조적 일에 집중할 때는 무성
애적 시간이 필요하다. 성직자는 물론 스포츠 선수들도 중
요한 훈련 기간에는 엄격한 금욕 생활을 한다. 열정의 대상
을 향한 진정한 집중은 다른 곳으로 리비도를 빼앗길 틈을
주지 않는 것이다.

　이 책은 성적 소수자만을 위한 책이 아니라 이성애자의
다양한 고민을 해결하는 데도 도움이 된다. 아무 문제없이
행복하게 잘 지내는 섹스리스 커플도 있고, 로맨틱한 감정
만으로 '충분하다'고 느끼는 연인도 있다. 마치 연애와 섹스
와 결혼이 완벽한 삼위일체가 되어야만 진정한 사랑에 성공
한다는 식의 선입견이 이성애자 안에서도 수많은 차별과 갈
등을 일으킨다. 이성애자도 일시적으로 무성애적 체험을 할

수 있다. '왜 나는 이성을 보고도 아무 유혹을 느끼지 못하는 것일까?', '나에겐 뭔가 유전적 문제가 있는 것이 아닐까?'라고 고민하는 수많은 문제들이 사실은 심각한 것이 아님을 알 수 있다.

무성애에 관심을 가짐으로써 우리는 온갖 성애 담론으로 지나치게 성욕을 상품화하는 현대 대중문화를 성찰해보는 기회를 가질 수 있다. 인간의 성생활에 대한 수많은 책과 예술 작품이 쏟아져 나왔지만, 우리는 아직 성에 대해 잘 모른다. 저자는 솔직히 고백한다. 자신은 평생 인간의 성생활을 다방면으로 연구하고 강의해왔지만, 무슨 이유로 성적 매혹이 발생하는지 또는 부재하는지는 여전히 수수께끼라고. 이 책의 가장 큰 장점은 '나는 뭔가 문제가 있는 건가?', '우리 커플은 뭔가 큰 문제가 있는 건가?'라는 식의 고민으로부터 우리를 해방시켜준다는 점이다. 이 책을 읽으면 이상하게도 마음이 편해진다. 나 또한 정상적 사랑, 대단한 사랑, 멋진 사랑에 대한 지나친 강박에 시달리고 있음을 거꾸로 깨달았다. 사랑에 대한 수많은 책을 읽고 음악을 듣고 미술 작품을 감상했지만, 사랑에 대한 글을 쓰거나 강의를 할 때마다 나는 매번 머릿속이 텅 빈 백지장처럼 느껴진다. 어쩌면 위대

한 사랑에 대한 지나친 강박이 우리를 필요 이상으로 피곤
하게 했던 것은 아닐까. 올바른 사랑은 없다, 지나친 사랑이
없듯이. 정상적 사랑은 없다, 다만 당신과 내가 저마다 자리
에서 스스로 만들어가야 할 '나의 사랑'이 있을 뿐이다. 나는
이 책이 사랑 때문에 고통받는 사람들에게 '사랑조차 할 수
없는 시간'을 견디는 뜻밖의 용기를 주었으면 한다.

Claude Monet

유행이 아닌
자기 소리를
듣는
예술의
변치 않는
힘

어린 시절 '예술' 하면 가장 먼저 떠오르는 이미지는 무언
가를 열정적으로 창조하는 '천재'의 이미지였다. 사람들이
흔히 떠올리는 천재의 보편적 이미지는 바로 영화 「아마데
우스」에 등장하는 모차르트 같은 어린이적 천재성이 아닐
까. 모차르트의 진짜 성격과는 상관없이 「아마데우스」의 철
딱서니 없는 모차르트의 이미지는 낭만적 천재의 전형으로
각인되었다. 영원히 철들지 않을 것만 같은 미워할 수 없는
괴짜 예술가의 이미지. 어른다운 몸가짐이나 골치 아픈 윤
리 같은 것은 생각하지 않고, 창조를 심각한 노동이 아닌 신
나는 놀이로 생각하는 무한한 자유로움. 나도 한때 그런 태
도를 동경했다. 천재의 재능을 따라 할 수는 없어도 천재의
성격만은 한 번쯤 모방해보고 싶었다. 뛰어난 예술가는 못
될지라도 하루만이라도 천진난만한 어린이처럼 살고 싶었

다. 하지만 곧 하루도 안 되어서 '아, 이건 나와 어울리지 않
는 가면이야!'라는 생각이 들었다. '지나치게 심각하고 쓸데
없이 진지하고 이리저리 눈치 보느라 난 영원히 예술가가
못 되는 것일까'라는 식의 우울한 상념에 빠져보기도 했다.

  시간이 흐르면서 내게 더 오래가는 감동을 주는 예술가
의 이미지는 그런 것이 아님을 깨닫게 되었다. 뒤샹이나 앤
디 워홀보다는 고흐나 베이컨이 좋았고, 통통 튀는 상상력
을 자극하는 발랄한 소설보다는 세월이 지나도 변함없는
진중함을 간직한 무거운 소설이 좋았다. '사람들이 좋다'고
하는 것보다는 '그저 내가 좋은 것'을 눈치 보지 않고 사랑하
는 길이 불편하지만 행복했다. 가오싱젠의 『창작에 대하여』
를 읽으며 나는 내가 얼마나 오랜 시간 '남들이 좋다고 평가
하는 예술'의 압도적 이미지에 좌지우지되었는지를 깨달으
며 부끄러워졌다. 가오싱젠은 '어린이의 천진함'보다는 '어른
의 진지함'이 어울리는 예술가다. 그의 매력은 '중국 최초의
노벨 문학상 수상자'라는 화려한 타이틀이 아니라, 아무리
전 세계 언론의 극찬을 받아도 묵묵히 '예술의 아름다움이란
무엇인가'라는 낡아빠진 화두를 끝까지 놓치지 않으며 '자기
만의 심미성'의 기원을 찾으려 한 불굴의 투지에 있었다.

　네가 선택한 것은 시대적인 한계 안에서의 최대한의 자유, 시장을 고려하지 않는 자유, 유행하는 예술 관념을 추종하지 않는 자유, 가장 하고 싶은 예술을 할 자유, 일개인일 뿐인 예술가가 될 자유, 한마디로 시대착오적일 수도 있는 예술가가 되는 것이다.

　— 가오싱젠, 박주은 옮김, 『창작에 대하여』,

　　돌베개, 2013, 178쪽.

　그는 일차적으로는 예술가(너=자기 자신)를 향하여 발화하는 것 같지만, 사실 저 모든 문장은 평론가, 언론인, 대중에게도 해당되는 말이기에 더욱 뼈아픈 질책으로 느껴진다. 우리는 시장성이 최고의 가치로 추앙받는 시대에 시장으로부터 자유로울 수 있는가. 트렌드나 대세나 첨단 유행이라는 코드에서 완전히 자유로울 수 있는가. 무엇보다 자신이 진정으로 원하는 예술, 가장 하고 싶은 예술이 무엇인지 스스로 알고 있는가. 그것을 알기 위해 얼마만큼 자신의 모든 것을 던져보았는가. 언론이 주목하는 스타 예술가나 권위 있는 상을 받은 예술가, 매번 베스트셀러 순위에 오르는 예

술가가 아니라 '한마디로 시대착오적인 예술가'를 향해 얼
마나 진지하게 관심을 기울여보았는가. 우리는 '남들의 기
준'이 아닌 '나만의 기준'으로 예술을 사랑하고 즐기고 아끼
는 법을 오래전에 잊어버리지는 않았는가.

　

예술가들은 이제 예술로 철학을 하기 시작했다. 완전히 철학
자가 되었다고는 할 수 없지만 최소한 예술을 전복할 수 있었
고 또 전복했다. 그런데 혁명이 언제나 적을 필요로 하듯, 전복
역시 전복 대상이 될 만한 적을 끊임없이 찾아내야 했다. (…) 예
술 작품에 대한 심미적 평가 대신 새로운 개념 선포만 난무하
게 되었다. (…) 앤디 워홀이 아무렇지도 않게 마오쩌둥을 광고
그림에 활용한 것은 독재정치에 대한 전복일까, 예술에 대한
전복일까? 누구도 '이것이다'라고 답할 수 없다는 데 이런 책략
의 묘미가 있다. 그의 중국인 제자들은 발 빠르게 그의 책략을
학습했다. 회화의 기교를 얼마나 익혔는지는 중요한 문제가 아
니었다. 한시라도 빨리 중국 대륙과 해외시장을 선점하여 판매
진지를 구축하는 것만이 그들의 관심사였을 뿐이다.

　── **가오싱젠, 앞의 책, 181쪽.**

가오싱젠은 예술가의 창조성을 억압하는 정치적 압력과
끊임없이 투쟁하는 것, 나아가 좀 더 잘 팔리고 대중적 인기
를 얻어 스타가 되려는 세속적 욕망과 투쟁하는 것이야말로
예술가의 변치 않는 사명임을 증언한다. 나아가 예술가에게
는 언론이나 비평이 떠들썩하게 부추기는 '외부로부터의 미
학'이 아니라 바로 예술가 스스로가 발굴한 '나만의 미학'이
필요함을 역설한다. 저마다 화려하고 세련된 예술 이론을
떠들어대는 시대 분위기에 지친 사람들, '이것이 요즘 대세
다'라고 외치는 저널리즘의 각종 광고 카피에 질린 사람들,
온갖 이론과 비평의 대홍수 속에서 오히려 처절한 '미학의
폐허'를 발견한 사람들에게 이 책을 선물하고 싶다. 어떤 위
압적인 대세에도 영향받지 않는, 예술에 대한 첫사랑, 첫 마
음, 첫 설렘의 기억을 되살리고 싶은 분들과 함께 이 책을 읽
어보고 싶다.

마치 아이가 장난감 다루듯이 창작에 임하고, 예술 자체
를 놀이로 승화시키는 사람들이 각광받는 시대다. 하지만
이런 떠들썩한 축제 분위기에서 스스로 물러나 '예술의 불
꽃이 타오르지 않는, 창작의 사각지대'를 조용히 서성이며,
사람들이 웃고 떠들고 춤추는 모습을 물끄러미 관조하는

'어른의 예술'도 필요하지 않을까. 상상하고 저지르고 도발하고 전복하는 예술에 지칠 대로 지친 우리들은 관조하고 음미하고 성찰하는 좀 더 어른스러운 심미안을 필요로 하는 것은 아닌지. 새로움에 대한 지나친 기대는 물론 옛것에 대한 과잉된 의미 부여도 위험하기는 마찬가지다. 하지만 어떤 상황이 와도 변치 않는 자기만의 심미안을 천천히 키워나간다면, 예술의 창조자도 향유자도 하루가 멀다 하고 바뀌는 요란한 트렌드 변화에 일희일비하지 않을 수 있다. 새로운 것은 끊임없이 낡아버리지만, 낡은 것은 결코 더 이상 낡지 않기 때문이다. 나는 가오싱젠의 『창작에 대하여』를 읽으며 마음속으로 이 책을 이렇게 정리해보았다. 어린이의 창의성을 넘어 어른의 포용력으로 예술을 창조하라.

전복이라는 것 자체가 한때의 유행에 지나지 않는 병입니다. 폭력혁명은 사라졌지만 예술상의 전복은 사라지지 않은 채 지금까지 이어지고 있습니다. 사람들은 저마다 예술 전복자를 자처하면서 반예술을 일삼고 있습니다. 더 이상 반대하고 전복할 것도 남지 않게 되자 예술은 일종의 사변, 일종의 명명으로 변했습니다. 그 배경에는 개인을 절대화하는 극한의 자아 팽창이

있습니다. 문화가 왜 전복을 해야 하죠? 새로운 글을 쓰고 싶다

면 그냥 쓰면 됩니다. 새로운 글을 쓰기 위해 반드시 앞 세대를

타도해야만 하는 것은 아닙니다.

　— **가오싱젠, 앞의 책, 287쪽.**

애니미즘,
자연의
숨소리에서
신의
숨결을
느끼다

당신의 마음속 가장 성스러운 장소는 어디인가. 그곳에
가면 왠지 모든 것을 고백해도 좋을 것만 같은 장소. 왠지 한
없이 마음이 편안해져 조용히 눈물을 흘려도 좋을 것만 같
은 장소. 어떤 신성한 힘이 마음의 모든 상처를 치유해주는
것만 같은 장소. 이러한 장소가 바로 '성소聖所'다. 흔히 성소
라고 하면 우리는 교회 같은 종교적 공간을 떠올리지만, 애
니미즘은 믿음의 원초적 감정을 순수하게 느낄 수 있는 자
연의 장소 모든 곳을 성소라고 부른다. 시인이자 농부였던
야마오 산세이는 자신의 특별한 성소를 무려 7천 살이 넘는
다는 조몬 삼나무로 삼았다. 그는 도쿄 남쪽의 머나먼 섬 야
쿠시마에서 그 나무를 자기만의 성소로 삼아, 하늘과 바다
와 별과 모든 생명체를 향한 뜨거운 사랑을 실천하며 살아
갔다.

　『애니미즘이라는 희망』은 야마오 산세이가 애니미즘을
테마로 한 강연록을 엮은 것이다. 첨단 과학이 아무리 발달
해도 인간이 땅에 씨를 뿌리고 하늘의 도움을 받아 먹고 입
고 숨 쉬는 진실을 떠날 수는 없다는 것. 인간은 그저 물질문
명의 미래로만 진화하는 시간이 아니라 끝없이 순환하고 회
귀하는 자연의 시간 속에 예속되어 있다는 것. 애니미즘은
이 깨달음을 실천하기 위해 삼라만상에 생생한 영혼이 깃
들어 있음을 긍정한다. 돌과 나무, 들풀, 꽃들 속에서 기쁨과
위안을 얻는 삶. 단지 인간의 생존을 위해 환경을 보호하는
데 그치는 것이 아니라 인간 또한 다른 생물처럼 우주의 거
대한 그물 속 '한 고리'임을 겸허하게 인정하는 것이다. 애니
미즘의 라틴어 어원, '아니마anima'에는 생명, 정령, 영혼이라
는 뜻이 스며들어 있다. 미디어와 각종 첨단 기계들에 가려
잘 들리지 않는 자연의 숨소리, 삼라만상의 목소리를 듣는
방법은 생각보다 먼 곳에 있지 않다. 가깝게는 영화 「아바
타」나 애니메이션 「센과 치히로의 행방불명」에도 아니마의
흔적이 서려 있고, 우리가 음식을 먹을 때마다 숨을 쉴 때마
다 물을 마실 때마다 느끼는 모든 자연의 선물이 바로 아니
마의 숨결이다.

애니미즘의 구호 중 하나는 바로 'Think globally, Act locally(지구 전체를 시야에 넣어 생각하고, 자신이 사는 곳에서 그것을 실천한다)'다. 소박한 자연 풍경 속에서 신성한 힘을 발견하는 애니미즘의 습관은 언어 속에서도 드러난다. 예컨대 옛사람들은 '산을 정복한다'는 표현을 쓰지 않았다. '산신령님'이라는 어법 속에서도 산에 대한 옛사람들의 무한한 존경을 발견할 수 있다. 일본의 나이 든 농부들은 "올해는 쌀을 네 가마 주셨다", "두 가마밖에 주시지 않았다"라고 말한다고 한다. 젊은 농민들은 "네 가마 나왔다", "두 가마밖에 나오지 않았다"라고 표현한다. 바로 이 '나왔다'의 세계관이 아닌 '주셨다'의 세계관이 애니미즘이다. 자연을 '자원'으로 대상화하지 않고 인간이 마음대로 할 수 없는 하나의 거대한 주체로 바라보는 것이다. 억지로 농약을 뿌리고 기계로 땅을 갈아엎는 세계관이 아니라 태풍이 오면 오는 대로 가뭄이 들면 드는 대로, 하늘과 땅의 선물을 받아들이는 것이 바로 애니미즘의 사유인 것이다. 우리가 조금만 여유를 가지면 쉽게 만날 수 있는 아름다운 '신의 숨결'을 야마오 산세이는 이렇게 묘사한다.

아름답다는 것은 신의 속성 중 하나라고들 합니다. 하지만 저에게는 아름다움은 그대로 신입니다. 달밤이란 그냥 달이 있을 뿐인 밤을 말하지만, 그 달밤에 달을 보면 그 옆으로 구름도 흘러가고 구름은 또 여러 가지 모양을 만듭니다. 그것을 보는 것만으로도 삶이 충만해지는 순간이 있습니다. 긴 시간이 아니라도 5분, 10분 하는 짧은 시간 동안만이라도 달을 바라봐보세요. 숲속에서 달을, 그리고 모양을 바꿔가며 흘러가는 구름을 바라보노라면, 그 5분 10분 하는 짧은 시간 안에 달과 구름이라는 위안과 기쁨이 있습니다. 그것을 주는 달과 구름의 모습이 바로 신이라고 생각합니다.

— 야마오 산세이, 김경인 옮김, 『애니미즘이라는 희망』,

　달팽이, 2012, 37~38쪽.

사람들은 '오지 체험'에 대한 매혹과 공포를 동시에 느낀다. 「정글의 법칙」이라는 프로그램이 인기 있는 것도 '머나먼 야생의 땅'에 대한 호기심과 두려움을 반영한다. '오지'란 본래 도시에서 멀리 떨어져 외진 곳을 가리키는데, 사람들은 흔히 문명의 혜택이 없는 곳을 상상한다. 말하자면 에스

프레소 커피 머신도 없고 전기도 없고 휴대폰도 쓸 수 없고
인터넷도 터지지 않는 그런 곳 말이다. 오지란 뭔가 일상에
서 꼭 필요한 것이 없는 곳을 가리키는 말이 된 것이다. 하지
만 정말 그럴까. 폐촌, 황무지, 사막, 원시림, 이런 곳에는 정
말 아무것도 없는 것일까. 야마오 산세이라면 아마도 '그런
곳이야말로 모든 것이 있는 곳이다. 다만 인간만이 없을 뿐
이다'라고 대답했을 것이다. 자연의 숨결을 온전히 느낄 수
있는 곳, 아직 개발의 손길이 미처 닿지 않은 곳, 그런 곳이
야말로 우리가 '자연의 아니마(영혼, 숨결)'를 가장 투명하게
느낄 수 있는 곳인 셈이다. 바로 '버려진 땅'이 아니라 모든
것을 '빨리빨리' 처리해야 하는 현대인의 지친 영혼이 비로
소 쉴 수 있는 곳이다.

　지난여름 여행을 떠났다가 길을 잃고 몇 시간 동안 이
름 모를 바닷가를 헤맸던 적이 있다. 한국처럼 내비게이션
이 어디서나 빵빵 터지는 곳도 아니었고 지나가는 사람 하
나 찾기 힘든 곳이었다. 처음에는 마치 황무지에 버려진 듯
한 공포를 느꼈지만, 해변을 천천히 드라이브하며 나는 상
점 하나 없는 그 '텅 빈 바닷가'의 눈부신 아름다움을 감상했
다. 이것저것 사고파는 이가 없을 뿐, 사람들은 삼삼오오 알

아서 자신의 먹을거리와 돗자리를 챙겨 와 한가로이 수영이
나 서핑을 즐기고 있었다. '자연과 노는 것'은 정말 아무나 즐
길 수 있는 여유가 아니라는 생각이 들면서, 아무 걱정 없이
바다와 모래와 햇살을 즐기는 사람들이 그토록 부러울 수가
없었다. 바로 그런 곳이 우리가 '아니마의 숨결'을 좀 더 또렷
이 느낄 수 있는 곳일 것이다. 굳이 돈이 오가지 않아도 무언
가 소중한 것을 나눌 수 있는 곳, 첨단 문명이 없는 것이 차
라리 행복한 곳. 야마오 산세이는 그것이 바로 "관찰하거나
사고하거나 분석하는 것이 아니라 손과 발과 마음과 함께
느끼고 아울러 두뇌조차도 거기에 함께하는 문명", 곧 에코
토피아라고 말한다. 어느 한군데가 아니라 모든 곳이 중심
이 되는 것이다. 그는 생명이 있는 곳 그 어디서나 성소를 본
다. 생명이 꿈틀대는 모든 것에서 따스하게 빛나는 신의 사
랑을 만난다.

　　여러분 자신의 나무를 찾아보세요. (…) 한 달이 됐든 반년, 아
니 일 년이 걸리더라도 그런 나무를 찾을 수만 있다면, 인생은
훨씬 풍요로워지고 편안해질 겁니다. 즐거워질 거예요. 힘들 때
면 그 나무를 만나러 가면 됩니다. 먼 곳에 있을 때는 마음속에

떠올리면 되고요. 즐거울 때는 또 그 나무에게 기쁨을 고백할
수 있죠. 인간은 역시 괴로울 때 신을 찾게 되어 있고, 괴로운 일
은 누구에게나 반드시 일어나게 마련입니다. 그럴 때 그 나무
가 도와줄 겁니다. 상상하는 것만으로도 마음에 위안이 되어주
거든요.

— 야마오 산세이, 앞의 책, 48~49쪽.

열두 살
소녀
프루가 찾은
어른들이
잃어버린
것

우리가 맨 처음 '진짜 어른'이 됐다고 느끼는 때는 언제일까. 내 경우는 누군가의 보호자가 되는 순간이었다. 전화기 저편으로, 곤란에 처한 막냇동생의 울먹이는 목소리를 들었을 때. 왠지 두려움보다는 안도감이 밀려왔다. 여동생이 위기에 처했을 때 가장 먼저 도움을 청하고 싶은 사람이 나라는 것이 어찌나 다행스러운지. 무거운 책임감이 나를 불가피하게 어른으로 만든 것이다. 열두 살 소녀 프루가 떠나는 모험의 시작도 바로 이런 순간이다. 『와일드우드』의 첫 장면은 사랑하는 존재를 향한 막중한 책임감을 느끼는 순간, 혼자만의 힘으로 그의 보호자가 되어야 한다고 느끼는 순간을 애잔한 문체로 그려낸다.

프루는 어른들 앞에서 '왠지 똑똑해 보이고 싶은' 지적 허

영을 지닌 깜찍한 소녀다. 그런 프루에게 어느 날 엄청난 사
건이 일어난다. 동생의 유모차를 밀던 프루가 잠깐 몽상에
잠긴 동안, 거대한 까마귀 떼가 한 살배기 남동생 맥을 납치
해버린 것이다. 까마귀 떼는 '지날 수 없는 숲'이라 불리는,
누구든 접근하면 다시 돌아오지 못한다는 무서운 소문의 땅
으로 남동생을 끌고 간다. 합리적 이성으로는 도저히 납득
할 수 없는 상황에서 프루는 어떤 논리보다도 명징한 '마음
의 소리'를 듣는다. 문득 '절망'이라는 단어가 여린 가슴을 할
퀴지만 애써 지워버린다. "그냥 희망을 갖고 최선을 다하는
수밖에 없을 것 같아." 소녀의 이 가녀린 희망과 막중한 책
임감이 아마존·『뉴욕 타임스』 청소년 소설 베스트셀러 1위
를 차지한 대모험의 서사 『와일드우드』의 첫 포문을 연다.

  프루의 아버지는 딸에게 경고했다. '지날 수 없는 숲' 근처
에는 절대 가지 말라고. 그러나 동생을 잃어버린 책임을 회
피하지 않으려는 프루는 아직 아이라는 것도 잊고, 배낭 하
나 달랑 메고 동생을 찾아 '지날 수 없는 숲'으로 떠난다. "누
나가 구하러 갈게, 맥!" 우리는 이 사랑스러운 소녀의 모습을
통해 어른이 되기 위해 우리가 힘겹게 넘어왔던 그 모든 두
려움의 문턱들을 아프게 기억해낸다. 아무리 힘들어도 오직

내가 책임져야 할 일이 있다는 것을 깨닫는 순간, 우리는 가
장 눈부신 성장의 문턱을 넘고 있음을 알기에. '지날 수 없는
땅'은 말 그대로 통과 불가능한 황무지Impassable Wilderness이
지만, 인류의 온갖 무의식의 상징과 신화들이 총출동한 듯
흥미진진하고 신비로운 이미지들로 가득하다.

  '금지된 땅'인 그곳은, 알고 보니 문명이 억압해온 야생성
과 환상성의 세계였다. 주인도 없고 개발도 없고 접근자도
없는 곳. 그곳에 모험의 세계, 신비의 세계, 도시 문명이 잃
어버린 믿음과 놀라움의 세계가 있다. 동생의 납치 사건은
프루가 진정한 자아를 찾을 수 있도록 돕는 일종의 계시이
자 길잡이였던 것이다. '지날 수 없는 숲'은 바로 우리 곁에
있지만 우리가 애써 외면하는 진실의 보물 창고다. 프루는
이 '지날 수 없는 땅'을 직접 밟은 최초의 탐험가였다. 조류
백과사전과 스위스 군용 칼이 유일한 무기인 프루. 사실 그
녀가 지닌 비장의 무기는 따로 있다. 바로 어떤 타인에 대해
서도 '편견'을 가지지 않는 것. 오직 순수한 호기심과 따스한
호의를 가지고 모든 낯선 존재를 환대하는 소녀는 어른들의
편견까지 뛰어넘을 수 있게 만든다. 열두 살 평범한 소녀가
도저히 화해할 수 없을 것 같은 두 세계, '바깥세상'과 '지날

수 없는 숲'을 이어주는 영혼의 가교로 거듭난 것이다.

'바깥세상'의 원리가 이성, 논리, 합리성, 현실성이라면 '지날 수 없는 숲'의 원리는 신비, 야생, 낭만성, 환상성이다. 논리와 효율만이 각광받는 세상에서 현대 문명이 잃어버린 야생성과 환상성을 복원해내려는 것이 작가의 야심찬 기획인 것 같다. 어떤 권력이나 규율의 눈치도 보지 않고, 우리가 아무런 내부 검열 없이 가장 원하는 것은 무엇일까. 프루는 바로 그것을 본능적으로 알고 있기에, 광활한 숲속에서도 길을 잃지 않고 자신의 꿈은 물론 타인의 꿈까지 이뤄주는 존재가 된다. 『와일드우드』의 메시지는 현실 논리에 찌들어 진정 꿈꾸는 법을 잃어버린 문명인의 외눈박이 삶에 대한 경고이기도 하다. 화해할 수 없는 두 세계를 자유로이 넘나들며 서로의 고정관념을 유쾌하게 교란하고, 새로운 곳을 탐험하되 정복하거나 지배하지 않는 것. 그것이 바로 프루가 일구어낸 동심의 기적이다.

프루는 이 광활한 숲속에서 온갖 특이한 존재들을 만나며 깨닫게 된다. 어른들은 잘 알지도 못하면서 이곳을 '금지된 땅' 취급하지만, '지날 수 없는 숲'의 모든 존재들도 우리처럼

아프고 외롭고 아름답다는 것을. 그저 자기 집 정원에서 발
견한 토끼를 따라감으로써 운명을 바꿔버리는 『이상한 나
라의 앨리스』에 매료된 적이 있다면. 영원히 어른이 되길 거
부하는 피터 팬의 집요한 순수에 매혹된 적이 있다면. 탐욕
때문에 돼지로 변해버린 엄마 아빠를 구하기 위해 목숨을
걸고 모험의 세계로 뛰어든 「센과 치히로의 행방불명」을 기
억한다면. 이 소설 또한 흔쾌한 마음으로 읽을 수 있을 것이
다. 세상 모든 아름다운 이야기들은 그 이전의 아름다운 이
야기들을 향한 간절한 메아리이니까.

외국인 혐오증,
공동체의
평화를
위협하다

　포비아phobia는 병적인 공포증을 가리키는 말이지만, 최근에는 걱정스럽게도 그 범위가 점점 넓어지고 있다. 특히 동성애자나 외국인에 대한 혐오증은 공동체의 평화 자체를 위협한다는 점에서 더욱 문제적이다. 사람들은 쉽게 '불편함'을 '공포'로 치환시켜버리곤 한다. 사실 대부분의 혐오증은 신체적 공포가 아니라 개인적 취향의 문제이고, 그 취향은 윤리적으로 문제가 있을 때가 많다. 우리 사회는 물론 수백 년 전 베니스에서도 이 심각한 포비아, 특히 제노포비아 xenophobia(외국인 혐오증)가 공동체의 안녕을 위협했다. 셰익스피어의 『베니스의 상인』을 영화로 각색한 알 파치노 주연의 영화 「베니스의 상인」은 마치 수백 년 전 '베니스의 법정'을 지금 우리 사회의 삶의 현장처럼 생생하게 재현해놓는다.

악행의 기원은
어디일까

이 작품에서 '베니스의 상인'은 누구일까? 여러 가지 해석이 있을 수 있겠지만 안토니오도 샤일록도 모두 베니스의 상인이다. 진짜 문제는 누가 베니스의 상인인가가 아니라, '외국인' 샤일록을 진정한 베니스의 상인으로 인정해주지 않는 사회 분위기일지 모른다. 베니스의 번성은 현지인뿐 아니라 수많은 외국인의 적극적 참여로 이루어진 것이었다. 안토니오는 처음부터 베니스의 상인이었지만, 유대인 샤일록은 피나는 노력을 통해 자수성가함으로써 산전수전을 다 겪어가며 베니스의 상인으로 간신히 편입되었다. 그런데 두 사람은 오래전부터 서로에게 눈엣가시 같은 존재였다.

안토니오는 샤일록을 '유대인이기 때문에' 미워하고, 샤일록은 안토니오를 '기독교인이기 때문에' 미워한다. 그들은 서로 잘 알기 때문이 아니라 각자가 속한 계급과 인종을 잘 안다고 착각하며, 증오의 유산에 따라 행동한다. 그들은 상대를 향한 증오의 행동이 얼마나 큰 상처를 줄지는 미처 생

각하지 못한다. 그러나 이렇게 증오의 화살표가 양쪽으로
강력하게 작용하고 있을 때, 상대방의 상처를 알아보는 길
은 의외로 쉬운 곳에 있다. 내가 상대방 때문에 얼마나 괴로
워하고 있는지를 직시하는 것이다. 상처받은 내 마음이야말
로 상대방의 마음과 가장 닮은 영혼이 아닐까.

　안토니오의 절친 바사니오가 벨몬트의 상속녀 포샤에게
청혼하러 가기 위한 자금을 마련하게 되면서, 안토니오와
샤일록의 오랜 갈등은 폭발하게 된다. 안토니오는 바사니오
에게 자금을 마련해주기 위해 샤일록에게 손을 벌리게 되
고, 샤일록은 '기회는 이때구나!' 하는 심정으로 안토니오에
게 그동안 당해왔던 모욕을 갚아주려는 것이다. 알 파치노
가 연기한 샤일록은 소름 끼치도록 잔인하고 사악했지만,
신기하게도 미워할 수 없는 마력을 지니고 있다. 샤일록은
누군가를 증오하기도 전에, 이미 오래전부터 너무도 일방적
으로 '증오의 대상'이 되어왔던 것이다. 유대인과 고리대금
업자에 대한 기독교인들의 반감이 워낙 극심했기에, 샤일록
은 유대인에다가 고리대금업자라는 정체성만으로 베니스
사람들에게 '증오의 타깃'이 되기에 충분했던 것이다.

안토니오 선생, 여러 차례 여러 번 당신께선 내 돈과 고리에 대하여 리알토 안에서 날 꾸짖었지요. 그래도 난 그걸 묵묵히 떨치며 참았어요. 당신은 날 오신자誤信者, 무자비한 개라 하고 내 유대인 저고리에 가래침을 뱉었는데 그 모두가 내 것을 사용하는 대가였죠. 근데 이젠 내 도움이 필요한 모양이오. 아, 그래서 당신은 내게 와서 말하기를 "샤일록, 돈이 좀 필요하오" 이렇게 말합니다. 자기 침을 내 수염에 쏟아냈던 당신께서, 이 몸을 낯선 개 내차듯이 문지방 너머로 발길질한 당신께서 돈을 간청합니다. 뭐라고 답할까요? 이런 말은 안 될까요? "개가 돈이 있나요? 개가 3천 다카트를 꿔주는 게 가능하단 말입니까?" 아니면 몸을 낮게 구부리고 노예 같은 어조로 숨소리를 죽이고 겸손하게 속삭이며 이렇게 말할까요? "선생께선 지난번 수요일 제게 침을 뱉었고 어느 날은 저를 발로 찼으며 또 한 번은 개라고 부르셨죠. 그러한 예우의 대가로 이만큼 돈을 빌려드립니다"라고요?

— 윌리엄 셰익스피어, 최종철 옮김, 『베니스의 상인』,

민음사, 2010, 31쪽.

증폭되는 원한
끝나지 않는 복수

흥미로운 것은 안토니오와 샤일록
을 둘러싼 베니스 사람들의 평판이다. 샤일록은 유대인 고
리대금업자라는 이유만으로 모든 베니스 사람들에게 '악의
축'으로 인식되고, 안토니오는 자신의 친구 바사니오에게
밑도 끝도 없는 우정을 퍼준다는 이유만으로 '덕의 화신'으
로 인정받는다. 안토니오는 바사니오에 대한 배타적 우정만
으로 성격이 좋다고 칭찬받지만, 유대인 샤일록에게는 그토
록 냉정하고 편파적일 수가 없다. 내가 좋아하고 내가 인정
하는 사람들에게만 잘해주는 것이 과연 미덕일까? 『베니스
의 상인』의 줄거리만 들으면 샤일록의 포악함, 안토니오의
순수함, 포샤의 재기 발랄함만이 도드라진다. 하지만 작품
을 자세히 읽어보면 샤일록의 억울함, 안토니오의 이중성,
포샤의 은밀한 인종차별이 새록새록 도드라진다. 과연 이들
을 둘러싼 증오와 복수의 파노라마는 어느 한쪽의 일방적
잘못으로 시작된 것일까?

안토니오는 극의 초반부터 자신의 우울증을 호소한다. 그

는 장사꾼이면서도 장사에 그다지 집착하지 않는다. 자신의
우울로부터도 멀리 떨어져 있는 듯한 안토니오의 무력한 표
정. 샤일록이 적극적 분노로 자신의 감정을 표현한다면, 안
토니오는 고요한 냉소와 우울한 무관심으로 사물을 바라본
다. 안토니오가 앓는 우울증의 원인이 작품 속에서는 분명
하게 나타나지 않기 때문에, 일부 평론가는 그 원인이 바사
니오에 대한 동성애의 좌절 때문이라고 해석하기도 했다.

  샤일록은 안토니오가 자신에게 돈을 빌리러 오자마자 그
동안 쌓아왔던 분노를 한꺼번에 쏟아내지만, 안토니오의 반
응은 매우 냉소적이다. 그는 돈을 빌리러 온 상황에서도 전
혀 주눅 들지 않고, 나는 너를 계속 예전처럼 무시하고 학대
하고 혐오할 테니, 돈만은 꼭 빌려달라고 요구하는 것이다.
"난 너를 다시 한 번 그렇게 부르겠다. 다시 한 번 침을 뱉고
차기도 하겠다. 이 돈을 빌려줄 거라면 친구에게 빌려주진
마라. 우정이 그 언제 친구에게 불모의 쇠를 주고 새끼 쳐서
받았더냐? 그보다는 차라리 적에게 빌려줘라, 그가 만약 어
기면 더 편한 얼굴로 벌금을 강제할 수 있을 테니."

  이때 샤일록의 눈빛이 섬광처럼 번득인다. 마침내 너에

게 복수할 길을 찾았다는 듯이. 그는 돈을 꾸어주기 위해 차
용증서를 쓰러 가자고 말하면서 잔인한 제안을 한다. 그 말
은 너무 현실성이 없기에 안토니오에게도 마치 장난처럼 들
린다. 자신이 이 돈을 갚지 못할 정도로 곤경에 빠지리라고
는 아예 상상조차 못 한 것이다. "만약에 나에게 아무 날 아
무 데서 조건에 명시된 일정한 금액 또는 총액을 되갚지 못
할 경우, 그에 대한 벌칙으로 당신의 고운 살 정량 1파운드
를 당신 몸 어디든지 내가 좋은 곳에서 잘라낸 뒤 가진다고
명기해놓읍시다." 자존심 강한 안토니오와 복수심 강한 샤
일록은 이 악마의 증서에 함께 서명하고, 마침내 노잣돈이
생긴 바사니오는 포샤에게 청혼을 하러 벨몬트로 떠난다.

포샤는 엄청난 재산을 상속받을 예정일 뿐 아니라 미모
와 재덕을 함께 갖추었기에 몰려드는 구혼자들로 몸살을 앓
는다. 포샤에게 구혼을 하러 온 모로코 왕은 포샤를 보자마
자, 그녀가 자신의 피부색을 문제 삼을까 봐 노심초사한다.
"이 피부색 때문에 날 싫어하진 마시오. 빛나는 태양과 이웃
한 친척으로 자라나 이 검은 제복을 입게 되었답니다." 포샤
는 모로코 왕이 잘못된 궤를 선택하여 자신과 결혼할 수 없
게 되자 이렇게 말해버리고 만다. "조용하게 치웠네. (…) 그

와 같은 혈색은 다 그렇게 택하라지.” 그녀는 은연중에 모로
코 왕의 검은 피부색을 조롱해버린 것이다.

　한편, 샤일록은 딸 제시카가 안토니오의 친구인 로렌조
와 야반도주를 해버리자 엄청난 충격을 받는다. “나 자신의
혈과 육이 반항을 하다니!” 그는 딸이 훔쳐간 재산이 아까워
온갖 욕설을 입에 담지만, 마음 깊은 곳에서는 이제 편안하
게 하소연할 유일한 대상이 없어졌음을 안타까워하는 것 같
다. 샤일록은 이제 누구도 진심으로 자신의 ‘편’을 들어주지
않을 것을 알고 있다. “내 어깨 위에 떨어지는 거라곤 불운
밖에 없고, 쉬는 거라곤 한숨밖에 없으며, 흘리는 거라곤 눈
물밖에 없잖아.”

　이윽고 샤일록이 그토록 기다리던 안토니오의 불운이 찾
아오고야 만다. 안토니오가 외국으로 보낸 무역선들이 침
몰했다는 소식이 들리면서, 안토니오는 파산 위기에 몰린
다. 이제 샤일록은 안토니오의 살점 1파운드를 소유할 합법
적 권한이 생긴 것이다. 샤일록은 누구의 충고도 듣지 않으
려 한다. 그는 반복해서 주장한다. 증서대로 하자고. 나는 천
만금을 줘도 싫으니, 너의 살점 1파운드만 내게 떼어주면 된

다고. 샤일록과 안토니오 사이에는 오랜 원한 관계가 쌓여 있었다. 안토니오는 '감정'에 따라 일을 처리했고, 샤일록은 '돈'에 따라 일을 처리했다. 샤일록이 높은 이자로 채무자들을 괴롭히면, 안토니오가 그들에게 연민을 느끼며 도와주는 식이었다. 샤일록은 자신의 사업 방식에 제동을 거는 안토니오를 미워했고, 안토니오는 돈만을 최고 가치로 내세우는 샤일록을 경멸했다. 안토니오는 베니스의 무역과 이권이 여러 민족의 이해관계로 구성되어 있음을 너무도 잘 알고 있었다. 법의 정당성은 베니스의 원주민뿐 아니라 유대인을 비롯한 '외국인'의 권리도 옹호해야 했다. 법의 편의는 샤일록을, 베니스의 민심은 안토니오를 향해 있었던 것이다.

유대인은 피와
살이 없습니까

　　　　　　　이 심각한 증오의 교착상태에 파열구를 낸 것은 기상천외하게도 '남장한 여자 판사'였다. 자신 때문에 곤경에 빠진 안토니오를 진심으로 걱정하는 바사니오를 바라보면서, 포샤는 인생 최대의 모험을 결심하게 된다. 남장을 하고 베니스로 가서 이 심각한 상황을 직접 해결하려 한 것이다. 포샤는 남성들로 가득한 엄숙한 법정에서 차용증서에 대한 신출귀몰한 해석을 내놓는다. 안토니오의 가슴살을 떼어낼 생각에 환호작약하는 샤일록에게, 가슴살을 1파운드에서 한 치의 오차도 없이 떼어내야 한다고, 게다가 결코 피를 흘려서는 안 된다고 판결한 것이다. 판관의 '해석'은 곧 새로운 현실을 '창조'하는 윤리적 실천의 문제이기도 하다는 것을 온몸으로 보여준 것이다.

사람들이 대체 안토니오의 살점은 떼어내서 무얼 할 것이냐고 묻자, 샤일록은 이렇게 말한다. 아무 쓸데가 없더라도, 내 복수심은 만족된다고. 그는 유대인이기에 받아왔던 모든 설움과 한을 풀어낸다.

그는 날 망신시켰고 내가 50만 정도를 못 벌게 했으며, 내 손실을 비웃고 이득을 조롱했으며, 내 나라를 모욕하고 내 거래에 훼방을 놓았으며, 내 친구들은 냉담하게 적들은 흥분하게 만들었소. 이유가 뭐냐고요? 내가 유대인이란 겁니다. 유대인은 눈 없어요? 유대인은 손도 기관도 신체도 감각도 감정도 정

열도 없냐고요? 기독교인과 같은 음식 먹고 같은 무기로 상처
를 입으며, 같은 병에 걸리고 같은 방법으로 치유되며, 여름과
겨울에도 같이 덥고 같이 춥지 않느냐고요? 당신들이 우리를
찌르면 피 안 나요? 간지럼을 태우면 안 웃어요? 독약을 먹이
면 안 죽어요?

　— **윌리엄 셰익스피어, 앞의 책, 69쪽.**

　냉혈한으로 비쳤던 샤일록은 이 대목에서 관객의 마음을
아프게 찌른다. 채무자에게 돈 대신 살점 1파운드를 요구하
는 그는 물론 잔인하다. 하지만 그 잔인함 이전에, 유대인을
향한 차별과 억압이 존재했다. 샤일록은 단지 한 개인이 아
니라 억압과 차별을 견뎌왔던 유대인의 역사를 대변하는 존
재였던 것이다.

　샤일록을 괴롭히는 것이 화병이라면, 안토니오를 괴롭히
는 것은 우울증이다. 안토니오의 불행이 곧 샤일록의 행복
이라면, 안토니오는 샤일록이 불행해지더라도 결코 행복해
지지 않는다. 판결은 전적으로 샤일록의 패배로 끝난다. 샤

일록은 전 재산을 빼앗길 뿐 아니라 유대교를 버리고 기독교를 선택하는 강제 개종까지 당한다. 샤일록의 딸 제시카와 안토니오의 친구인 로렌조가 결혼을 한 것은 이 질기고도 질긴 증오의 사슬이 언젠가는 끊어지기를 바라는 작가의 염원이었을지도 모른다. 그러나 극이 끝나는 순간, 가장 외롭고 불행한 인간이 샤일록인 것만은 분명하다. 딸도 잃고 재산도 잃고 유대인이라는 정체성조차 잃은 채 기독교로 강제 개종당한 샤일록에게 작가는 어떤 자비도 베풀어주지 않았다. 안토니오와 샤일록이 서로를 향한 증오의 전쟁이 아니라, 공동체의 평화를 위협하는 인종차별 그 자체와 전투를 벌였다면 『베니스의 상인』은 더욱 멋진 작품이 되지 않았을까.

가스통
루이 비통의
특별한
여행 상자

　나의 자연스러운 습관이 남들의 눈에는 '괴짜의 못 말리
는 습관'처럼 보일 때가 있다. 10년 전 처음 미국에 갔을 때
나는 두 명의 친구들과 함께 뉴욕과 LA 등지를 여행했다. 그
런데 친구들이 나의 트렁크를 이상한 눈으로 쳐다보았다.
내가 너무 많은 책을 바리바리 싸 들고 왔기 때문이었다. 열
권이 넘는 책을 마치 세상에서 가장 소중한 보물이라도 되
는 양 호텔 유리 창턱에 가지런히 꽂아놓고 흐뭇하게 미소
짓는 나를 보고 친구들은 혀를 끌끌 찼다. "그걸 정말 다 읽
으려고?" "여행하러 왔지 공부하러 왔니?" 나는 겸연쩍어
머리를 긁적였지만, '그래도 책이 있어야 집에 있는 것처럼
마음에 안정이 된다'고 생각했다. 낮에는 바지런히 온 세상
을 휘젓고 다니지만, 밤이 되면 집에 온 듯 편안한 기분으로
책을 읽으며 잠들고 싶었던 것이다.

그러나 그 후 여행에 중독되어 1년에 한두 번은 꼭 멀리 해외로 떠나게 되니 책을 그렇게 많이 가지고 다니는 일은 또 다른 스트레스가 된다는 것을 알게 되었다. 동행하는 사람들이 끊임없이 잔소리를 늘어놓았기 때문이기도 했다. 나는 서너 번 '책으로 된 봇짐'을 고집하다 결국 포기해버렸다. 딱 좋아하는 책 한 권만 챙기어 가고 나머지는 전자책으로 휴대폰과 컴퓨터에 저장하여 가지고 다니게 되었다. 다른 사람의 눈치를 보느라 나다움을 포기하는 것 같아 마음이 아프기도 했다. 하지만 더 중요한 이유는 책으로 인해 트렁크가 너무 무거워지기 때문이었다. 도시 간 이동이 잦은 유럽 여행의 특성상 걸핏하면 무거운 트렁크를 짊어지고 기차로 비행기로 버스로 옮아 다니는 것은 쉬운 일이 아니었다. 결정적으로 책 때문에 적지 않은 추가 운임을 지불하는 일까지 발생하자 나는 깨끗이 '여행자의 서가'를 포기했다.

그런데 나는 프란시스카 마테올리Francisca Matteoli의 *World Tour: Vintage Hotel Labels from the Collection of Gaston-Louis Vuitton*을 읽으며 다시 '여행자의 서재'를 향한 욕망이 불끈 샘솟기 시작했다. 이 책을 보며 나는 가스통 루이 비통의 여행용 트렁크가 부러워졌다. 그 가방이 명품이라서가 아니라

그만의 '독서대'와 '서재'가 고스란히 담겨 있어서였다. 독서
광이었던 가스통 루이 비통은 여행을 떠나서도 언제 어디서
든 자신이 원하는 책을 꺼내 볼 수 있도록 손수 맞춤 제작한
라이브러리 트렁크library trunk를 들고 다녔다고 한다. 게다가
언제 어디서나 책을 편안한 자세로 읽을 수 있도록 트렁크
를 살짝 열면 간이 책상이 나오기도 하는 구조였다.

  가방의 명가 루이 비통의 친손자이자 본인 스스로가 여
행용 트렁크 디자인의 달인이었던 가스통. 그는 재기 발랄
한 발명가이자 열정적인 사진가였고, 훌륭한 독서가이자 지
칠 줄 모르는 여행자이기도 했다. 그는 유럽 각국은 물론 아
프리카, 아시아, 라틴아메리카에 이르기까지 가보지 않은
곳이 거의 없을 정도였다고 한다. 그런 그가 여행지마다 각
별한 애정을 가지고 모은 '공짜 물건'이 있었는데, 그것은 바
로 호텔의 스티커였다. 가스통이 전 세계를 여행하던 1920
년대에서 1950년대 사이에는 호텔마다 자사 브랜드를 홍보
하는 스티커나 라벨을 지니고 있었는데, 그는 그 알록달록
한 호텔 스티커를 자신의 여행용 트렁크에 자랑스럽게 붙이
고 다녔다고 한다. 집에 돌아와서는 스티커를 조심스럽게
떼어내어 보관하거나, 훼손되었을 경우 호텔에 다시 연락

을 하여 부쳐달라고 부탁하기도 했다. 가스통의 열정적인 호텔 라벨 수집 취미를 이해해준 몇 명의 친구들은 해외여행을 떠날 때마다 일부러 호텔 라벨이나 스티커를 모아 가스통에게 선물해주기도 했다. 이 책은 가스통이 직접 모은 무려 3,000여 개에 달하는 전 세계 호텔 라벨들에 얽힌 사연 중에서 900여 개를 엄선하여 20세기 초반 세계 여행의 꿈에 도전하던 사람들의 꿈과 열정의 이야기를 담은 것이다.

　루이 비통이 글로벌 브랜드로 급부상하기 이전, 철저한 수공업과 장인 정신으로 일관하던 루이 비통 가문의 에피소드도 흥미롭다. 그중에 가장 흥미로운 이야기 중 하나는 다음 에피소드다. 미라보 호텔에 투숙하던 한 이집트의 큰 부자가 반드시 세탁은 카이로에서만 하는 버릇이 있었다. 매주 그의 하인이 거대한 여행용 트렁크에 빨랫감을 가득 싣고 호텔과 카이로를 왔다 갔다 해야만 했다. 이 이집트 부자는 이런 기상천외한 세탁 심부름을 시키는 전담 하인을 두 명이나 두고 있었다. 그는 루이 비통의 아들이자 가스통의 아버지 조르주에게 자신의 세탁용 트렁크로 무려 1.75미터 길이나 되는 거대한 트렁크를 주문했다. 여행용 트렁크 주문 제작의 달인이었던 조르주는 걱정스러운 눈빛으로 이집트 부자에게 말했다.

"그런데 고객님, 혹시 이 가방이 얼마나 큰지 정확히 알고 주문하고 계신지요? 그런 상품은 쉽게 상상하지 못할 물건인데요."

"비통 씨, 나는 내가 뭘 주문하고 있는지 잘 알고 있소. 나는 물건을 주문하는 데는 일가견이 있는 사람이오."

"좋습니다, 고객님. 그렇다면 우선 나무로 이 거대한 여행 트렁크의 견본품을 만들어서 제품이 실제로 제작되었을 때의 크기를 짐작해보시면 어떨까요."

"그럴 필요 없는데."

이집트인은 견본품을 미리 보는 일조차 귀찮아했지만, 조르주는 그를 차분하게 설득했다.

"안 됩니다. 고객님이 어떤 제품을 주문하는지 눈으로 직접 확인하시지 않으면 저는 트렁크를 만들어드릴 수 없습니다."

"알았소, 그럼 내일 오겠소."

이튿날, 이 이집트인은 조르주가 만든 거대한 견본품을 보더니 심드렁하게 반응했다.

"여기서 10센티미터를 더 늘려주시오."

　조르주 비통은 어쩔 수 없이 그 거대한 트렁크를 실제로
제작해야 했다. 그러나 주문한 물건이 미라보 호텔에 도착
했을 때, 그들은 방 안으로 트렁크를 집어넣을 수가 없었다.
진퇴양난에 빠지자 이집트 부자는 아무렇지도 않게 이렇게
말했다고 한다.

　"트렁크를 잘라주시오."

　조르주 비통의 신중하고도 세심한 성격, 이집트 거부의
아무도 못 말리는 허영심이 잘 드러나는 에피소드다. 가스
통은 아버지의 성격을 물려받아 가방을 디자인할 때도 여행
을 할 때도 물건을 수집할 때도 섬세하고 신중했다고 한다.

　"당신의 가방을 보여달라. 그러면 당신이 어떤 사람인지
알 수 있다." 바로 이 문장이 1920년대 가스통 루이 비통의
슬로건이었다고 한다. 이 책은 여행이 진정 새로움으로 가
득한 모험이었던 시절의 이야기를 들려준다. 부와 교양을
갖춘 소수의 여행자들은 퀸메리호 같은 거대한 페리를 타고
대양을 건너 장기 해외여행을 떠나기도 했고, 용감하고 호
기심 넘치는 사람들은 최초의 여객기를 타고 해외여행길에
오르기도 했다. 저 유명한 오리엔트 특급열차를 타고 밤새

철길을 달리는 여행자들도 있었고, 유럽이나 미국이 아닌
아프리카나 아시아의 잘 알려지지 않은 희귀한 장소를 향해
모험을 떠나는 이들도 있었다.

　가스통은 1920년대에서 1950년대까지 낭만과 위험과 열
정이 가득한 여행을 일삼았던 사람들의 추억이 서린 세계
각국의 호텔 라벨은 물론 화가들의 섬세한 붓 터치가 생생
하게 남아 있는 엽서도 함께 모아 그때 그 시절의 여행 문화
를 고스란히 간직해놓았다. 훌륭한 사진작가이기도 했던 가
스통의 여행 사진들도 이 책의 볼거리 중 하나다. 세계 각국
여행지의 경이로운 풍광이 알록달록하게 그려져 있는 옛날
엽서들이 책갈피 곳곳에 실물과 똑같은 크기로 정성스럽게
제작되어 있어, 엽서 몇 장을 과감하게 오려내어 그리운 사
람에게 부치고 싶은 충동을 불러일으킨다. 다만 이 엽서는
당장 부칠 수 없고, 언젠가 머나먼 곳으로 여행을 떠나 그 나
라 지방의 스탬프가 반드시 찍히도록 그곳에서 직접 부쳐야
만 할 것 같다. 흔한 명품 쇼핑이 아니라 '나만의 스토리텔링'
이 담긴 소박한 물품 수집을 꿈꾸는 사람들은 이 책을 보며
가슴 설레는 세계 여행의 꿈을 꾸어도 좋을 것 같다.

아날로그
문화를
또 다른
새로움으로
재발견하는
것

'억압된 것은 귀환한다'는 프로이트의 명제는 개인의 기억뿐 아니라 집단의 기억에서도 적용되는 것이 아닐까. 각종 디지털 기기로 대체되었던 수많은 경험들이 이제 다시 아날로그적 원형으로 돌아오고 있는 것을 보면, '억압된 것을 향한 그리움'은 문명을 추동하는 중요한 원동력임을 알 수 있다. 인터넷 판매로 전 세계를 주름잡았던 아마존은 맨해튼에 오프라인 서점을 내고, 실리콘밸리의 리더들은 손으로 직접 필기하고 메모하는 몰스킨 노트의 매력에 흠뻑 빠졌다고 한다. 세계적인 팝 가수 레이디 가가도 스트리밍 서비스 대신 LP레코드로 돌아서고, 이미 사라져버린 줄로만 알았던 LP레코드점이 다시 부활하고 있다. 이런 '아날로그 문화의 부활' 밑에 깔린 대중심리 밑바닥에는 '디지털은 실물이 아니라는 것', 그리하여 '만질 수 없는 디지털보다는 만지고 느낄 수 있는 아날로그를 선택하고 싶다'는 욕망이 깔려 있다.

데이비드 색스는 『아날로그의 반격』에서 전 세계적으로 디지털 문화보다는 아날로그 문화를 선택하는 사람들의 이야기를 들려준다. 문화의 트렌드를 이끌어가는 10대들이 턴테이블과 필름 카메라에 열광하기 시작했고, 낮에는 디지털 산업에 종사하면서도 밤에는 수제 맥주를 만들며 아날로그적 삶을 꿈꾸는 사람들이 늘어나기 시작했다. 흥미로운 것은 '아날로그 문화를 어릴 적에 체험해서 알고 있는 세대'가 아니라, 한 번도 LP레코드를 만져본 적이 없고 한 번도 필름 카메라를 이용해본 적이 없는 10대들이 아날로그 문화를 '새로운 문화'로 받아들이고 열광하기 시작했다는 점이다. 이렇게 되면 아날로그 문화의 부활은 단순히 '잃어버린 옛것의 부활'이 아니라 '디지털 문화가 발견한 신新아날로그'가 되는 셈이다. 시간도 돈도 더 많이 들고 정신적으로도 더 많은 에너지가 필요한 아날로그 문화에 젊은이들이 열광하는 이유는 무엇일까. 그것은 바로 아무리 애를 써도 오직 '만질 수 없는 컴퓨터 파일'로만 쌓여가는 디지털 문화와는 달리, LP레코드와 인화된 사진은 '만지고 쓰다듬으며 진짜 내

것으로 만들 수 있는 소중한 대상'이 되기 때문이다.

"테크놀로지가 더 복잡해지고 충분히 발달하게 되면 더 새
롭거나 더 효과적인 테크놀로지로 대체됩니다." 라파엘리는 내
게 창조적 파괴의 전통적 경로를 설명했다. "하지만 특이한 상
황들도 존재합니다. 죽은 테크놀로지들이 새 생명을 찾기 위해
위치를 재조정하는 거죠."

— **데이비드 색스, 박상현 · 이승연 옮김, 『아날로그의 반격』,**

어크로스, 2017, 307쪽.

아날로그 문화가 새롭게 각광받는 이유 중 또 한 가지는
'디지털이라고 해서 반드시 편리하지는 않다'는 인식이 확
산되고 있기 때문이다. 노트북이나 모바일 메모 기능으로
필기하는 것이 손쉬울 수는 있지만, 가끔 데이터가 날아가
거나 부팅 속도가 늦거나 동기화가 되어 있지 않을 때는 오
히려 종이 메모보다 불편하게 느껴질 수 있다. 종이 노트는
전원을 켜고 끌 필요가 없으며 부팅 시간이 걸리지 않고 동

기화도 필요 없다. 스트리밍 서비스로 듣는 음악 또한 '음악을 듣는 즐거움'보다는 '음악을 검색하는 노고'가 더 클 때가 많다. 예전에 '나는 이 음악이 좋다'고 생각하고 카세트테이프나 CD를 직접 사서 들을 때는 A면 첫 번째 곡부터 B면 마지막 곡까지, 또는 CD 첫 곡부터 마지막 곡까지, 쭉 따라서 듣는 즐거움이 있었다. '명반'은 대표곡 한 곡만 좋은 것이 아니라 음반 전체가 조화롭고 균형 있게 아름다운 경우를 뜻하는 것이었다. 하지만 지금은 차트 1위부터 100위까지 검색을 해봐도 '진짜 내가 좋아하는 곡'을 찾을 수 없는 경우가 많다. 모든 세대의 의견과 취향을 종합한 것이라기보다 차트 자체에 특정 세대나 기획사의 입김이 강하게 반영된 경우가 많다. 그러다 보니 내가 좋아하는 음악을 '검색하는 수고'에 비해 진짜 좋은 음악을 '감상하는 여유와 즐거움'은 대폭 줄어들고 만다. 디지털 문화는 효율적이고 빠른 대신 우리에게 아날로그적 문화의 여유로움과 직접 대상과 소통하는 즐거움을 빼앗아간 것이다.

'전자책이 종이 책을 대신할 것이다'라는 디지털 북 승리의 예언도 빗나갔다. 전자책 판매량이 늘고는 있지만, 완전히 종이 책의 자리를 꿰차지는 못하고 있다. 책을 좋아하는 사람들은 책장을 넘기는 소리, 책장의 여백에 사각사각 메모를 하는 즐거움, 책이라는 존재 자체가 지닌 물성物性을 좋아한다. 책의 내용만을 흡수하는 것이 아니라 책이라는 사물 자체가 주는 촉감과 온도, 무게감을 좋아하는 사람들이 많다. 전자책은 스마트폰이나 태블릿의 '표면'에 등장하는 이미지로만 존재할 뿐 실물 감촉이 없기 때문에 '세상에서 가장 가벼운 책'은 될 수 있지만 책장 한편에 뿌듯한 마음으로 꽂아놓는 즐거움을 주지는 못한다. 또한 오프라인 서점의 매력은 결코 인터넷 서점이 대체할 수 없다. 책을 직접 손에 쥐고 넘겨보며 '이 책은 어떤 책일까' 궁금해하는 마음, '아, 이 책은 내가 어렸을 때 읽었던 책인데' 하고 반가워하며 또 한 번 개정판을 사고 싶어 하는 마음, 서점 주인이 직접 추천하는 책을 읽는 즐거움 등은 인터넷 서점이 오프라인 서점에서 빼앗아갈 수 없는 즐거움이다. 동네 서점이 늘어나고 북 카페가 늘어남으로써 종이 책을 읽는 즐거움이 사라지지 않는 세상을 꿈꾸는 사람들도 점점 늘어나고 있다.

레코드판으로 음악을 듣는 행위는 하드 드라이브의 음악을 꺼내 듣는 것보다 더 큰 참여감을 주고, 궁극적으로 더 큰 만족감을 준다. 레코드판이 꽂힌 서가에서 앨범을 골라 디자인을 꼼꼼히 들여다보다가 턴테이블의 바늘을 정성스레 내려놓는 행위, 그리고 레코드판의 표면을 긁는 듯한 음악 소리가 스피커로 흘러나오기 직전 1초 동안의 침묵. 이 모든 과정에서 우리는 손과 발과 눈과 귀, 심지어 (레코드 표면에 쌓인 먼지를 불어내기 위해) 가끔은 입도 사용해야 한다. 우리가 가진 물리적인 감각을 더 많이 동원하게 되는 것이다. 레코드판이 주는 경험에는 계량화할 수 없는 풍성함이 있다. 효율성이 떨어진다는 바로 그 이유 때문에 더 재미있는 경험이다.

— **데이비드 색스, 앞의 책, 17~18쪽.**

『아날로그의 반격』에서 주목하는 또 다른 아날로그의 귀환은 바로 '교육'과 '노동'이다. 학생들에게 노트북 한 대씩을 주면 과연 그 컴퓨터가 '선생님'을 대체할 수 있을까. 인간이 하는 노동을 모두 기계화한다면, 과연 인공지능 로봇이 인간의 일자리를 모두 빼앗아가게 될까. 이 두 가지 질문이야말로 '디지털의 승리'를 예감한 사람들의 승패를 좌우하는 것이 아닐까. 물론 부분적으로 디지털 교육이 아날로그 교육을 대체하는 부분도 있지만, 궁극적으로는 불가능할 것으로 보인다. 컴퓨터가 사람들에게 복잡한 지식을 디지털화된 정보로 환원하여 주입할 수는 있겠지만, 타인의 슬픔에 공감하는 능력, 창의적인 글을 쓰는 힘, 예술과 문화를 느끼는 감수성을 길러주기는 어렵다. 인생을 살아가는 데는 정보만 필요한 것이 아니라 감수성과 공감 능력, 직관적 판단력과 예리한 비판적 지성이 필요하다. 바로 그 디지털화된 정보로 환원할 수 없는 지성과 감성, 예술적 감수성과 창조성이 '아날로그식 교육'이 결코 빼앗길 수 없는 '살아 있는 인간의 영역'이다.

인공지능 로봇 역시 마찬가지다. AI가 이세돌 9단에게 승리할 수는 있었지만, '한 사람의 지성과 판단력과 인생의 경험' 대 '무한 연산이 가능한 무형의 디지털 프로그램' 사이의 싸움이 공정하다고 할 수 있을까. 그 게임은 단지 '인간의 지능' 대 '인공지능'의 싸움이라기보다 오히려 '한 사람의 인생' 대 '구글이라는 거대한 기업' 사이의 싸움, 다윗과 골리앗의 싸움이라고 보는 것이 정확하지 않을까. 인공지능이 부분적으로 대체할 노동 영역은 분명히 있을 것이다. 하지만 인간의 노동력 전체를 대체하는 일이 과연 일어날지는 미지수

다. 무엇보다도 우리의 몸 자체가 아날로그 아닌가. 아날로
그적 세포와 감성으로 이루어진 우리의 존재가 항상 디지털
기계와 조화롭게 공존할 수는 없을 것이다. '디지털이 아날
로그를 대체할 것이다'라는 단순한 이원론보다는 '디지털과
아날로그가 보다 조화롭게, 보다 인간의 행복을 증진시키는
방향으로' 디지털적 세계와 아날로그적 세계가 공생하는 방
법을 찾아야 할 것이다. 우리는 필연적으로 직관적으로 그
리고 본능적으로 아날로그적 세계를 원한다.

누구를 위한,
무엇을 위한,
어떤
세상을 위한
국가인가

이런 청문회를 상상해보자. '국가란 무엇인가'에 대해 저마다 최고의 모범 답안을 제시하는 죽은 철학자들이 모두 한자리에 모이는 가상 청문회를. 그들은 우리 시대에 살아 있는 유시민 앞에 꼼짝없이 소환되어 하나하나 그 장점과 단점, 희망과 한계를 분석당한다. 말하자면 '국가 전문가'들이 모여 벌이는 초대형 서바이벌 오디션인 셈이다. 누가 1등을 차지할까, 누가 꼴찌로 '아웃'당할까. 무엇보다 이미 이 세상을 떠나 영원한 잠을 청하던 죽은 사상가들은 이 무시무시한 청문회 앞에서 얼마나 침이 마르고 피가 마를까. 하지만 죽은 뒤 수천 년이 지나도 '사상 검증'을 받아야 하는 것이 위대한 철학자의 운명이 아닐까. 자신의 신념이 진정으로 이해받기를 원하는 사상가라면 오히려 이 급작스러운 소환을 기뻐할 것이다. 플라톤에서 베른슈타인에 이르기까지

짧게는 수십 년 길게는 수천 년의 시간적 갭을 두고 멀리 떨어져 있는 저 수많은 사상가들의 이상적 국가를 향한 청사진은 지금 여기, 유시민의 붓끝에서 『국가란 무엇인가』라는 이름으로 부활하고 있다.

　대중에게 사상가의 이미지는 어떤 '키워드'로만 제시된다. 애덤 스미스는 보이지 않는 손, 홉스는 만인의 만인을 위한 투쟁, 비스마르크는 철혈정치, 마르크스는 프롤레타리아 독재 등등. 그러나 이런 단출한 키워드만으로는 그들이 꿈꾼 국가의 청사진을 이해할 수 없다. 인류의 역사가 지속되는 한, 완전히 공소시효가 만료되는 이데올로기는 없다. 유시민은 그 수많은 사상가들의 국가론 중에서 '이미 유행이 끝났지만 그래도 배워야 할 것'을, '모두가 비판하지만 그래도 배워야 할 것'을 추출해낸다. 오해와 편견의 늪 속에서 건져 올린 빛나는 통찰들은 여전히 우리에게 필요한, 어쩌면 한 번도 제대로 실험되지 않은 보석 같은 정치 철학이다. 『국가란 무엇인가』를 읽고 있으면 플라톤과 맹자가 마르크스와 르낭이 루소와 소로가 베버와 베른슈타인이 마치 동시대 죽마고우처럼 친밀하게 대화를 나누는 듯한 즐거운 상상에 시달리게 된다. 그러나 이 즐거운 상상을 가로막는 피할

수 없는 장벽 그리고 이 책이 세상에 나온 진짜 이유, 그것은
바로 국민의 가슴을 갈가리 찢어놓는 우리들의 폭주 기관
차, '국가' 때문이다.

　　2008년 봄 새로운 사회현상으로 등장했던 대규모 촛불집회
는 우리 사회 내부에 축적되어 있는 자유주의적 열망의 집단적
표출이었다고 생각한다. (…) 그들의 끈질긴 대중행동에 대한 대
통령의 응답은 거짓 사과와 물대포였다. 대통령이 국민의 요구
를 경청하고 대화할 의사가 없다는 사실을 확인하자, 촛불시민
들은 더 이상 거리로 나오지 않았다. 촛불집회는 이제 온라인
동영상으로만 남아 있다. (…) 그들은 이제 다른 방식으로 자신
의 의사를 표현한다. 선거에 참여하여 헌법과 법률이 보장하는
정치 참여의 권리를 행사함으로써 불의를 저지르는 정부를 교
체하는 것이다.

　　— 유시민, 『국가란 무엇인가』, 돌베개, 2011, 111쪽.

　　정의를 내팽개친 국가를 향한 울분을 참다못해 일상을 박

차고 거리로 나온 시민들에게 돌아온 것은 철저한 냉대 혹은 가혹한 처벌뿐이었다. 더 이상 국민이 정치인에게 말을 걸 수 있는 창구는 '선거'밖에는 없어 보인다. 민주주의 사회에서 선거는 물론 중요하다. 그러나 선거 '이후'가 더욱 중요하다. 선거의 승리만으로는 약속받을 수 없는 일상적 민주주의는 어떻게 쟁취할 수 있을까. 『후불제 민주주의』와 『국가란 무엇인가』는 굳이 정치인이 아니더라도, 국민의 기본권을 지키려는 모든 '보통 사람들'에게 필요한 일상적 민주주의의 비전을 제시하고 있다. 『국가란 무엇인가』는 유시민이 평생 추구해온 '대한민국 개조론'의 결정판이라고 할 수 있다. 그의 정치적 비전은 『유시민의 경제학 카페』(2002)에서 『대한민국 개조론』(2007)을 거쳐 『후불제 민주주의』(2009)에서 클라이맥스에 도달한 후, 이제 『국가란 무엇인가』(2011)에서 보다 완성된 형태의 마스터플랜을 갖추게 되었다. (이 책은 2017년 개정 신판으로 나온 바 있다.)

유시민은 '국가가 마음에 들지 않을 때' 시민에게는 두 가지 선택이 있다고 이야기한다. 첫째, 국가를 떠나 국가 밖에서 새 삶을 찾는 것. 둘째, 마음에 들지 않는 국가를 점점 마음에 드는 곳으로 바꾸는 것. 그런데 오늘날 국민의 분노는

이 두 가지 방식만으로는 해결되지 않을 정도로 치명적이
다. 우리는 점점 자주, 국가 안에 살면서도 국가로부터 추방
된 듯한 고통 속에 내던져진다. 평범한 사람이 국가의 부름
을 받을 때는 사랑하는 자식을 군대로 보낼 때, 엄청난 건강
보험료를 낼 때, 주민세와 소득세를 낼 때 등등뿐이다. 국가
가 '국가 사용료 지불'을 요구할 때, 사람들은 어쩔 수 없이
주머니를 탈탈 털며 '국가가 나에게 해준 것이 무엇인가'를
질문하며 절치부심하는 것이다. 지금은 작가이지만 지난날
정치인이었던 유시민에게 우리가 변함없이 희망을 걸었던
이유 중 하나는 국가가 마음에 들지 않을 때, 차라리 국가의
울타리 밖에서 살고 싶은 사람들의 절망까지 끌어안을 정
치인이 우리에겐 없었기 때문이다. 더 이상 국가에게 아무
것도 기대할 수 없는, 국가가 저버리고 추방한 사람들. 국내
에 살면서도 스스로를 디아스포라라고 느끼는 사람들의 아
픔까지도 그가 꿈꾸는 국가의 청사진에 포함되기를 빌며 이
책을 읽었다.

　이 책의 숨은 주인공은 바로 '국가'라는 이름으로 수없이
은폐되고 희생되었던 '개인'의 숨소리다. 어린 시절부터 철
저히 훈육되고 무장된 '애국심'이 아니라, 저마다 최고의 삶

을 향한 목마름이 모여 자유로운 인간들의 공동체를 만드
는 세상을 향한 꿈. 내가 하고 싶은 것을 해도 당신에게 아무
런 해가 되지 않는 세상, 내가 가장 이루고 싶은 꿈에 다다르
는 것이 곧 당신의 꿈을 이루는 일이 되는 세상. 국가의 이름
으로 개인을 말살하지 않는 사회에 대한 꿈. 『국가란 무엇인
가』를 펼쳐 든 독자들은 이 책이 단지 동서고금의 국가론을
집대성한 이론서가 아님을 금세 알아차릴 것이다. 이 책은
옛 정치인의 오랜 꿈의 기록일 뿐 아니라, 그의 꿈을 바라보
며 자신의 꿈을 함께 키워가던 사람들의 오랜 목마름의 결
실이기도 하다는 것을.

　우리는 '국가란 무엇인가'를 알기 위해 '개인이란 무엇인
가'를 먼저 질문할 줄 아는 정치가를 원한다. 유시민은 국가
와 개인의 관계를 '국가>개인'이라는 폭력적인 도식에 끼워
맞춰 설명하지 않는다. 헨리 데이비드 소로의 말처럼 우리
는 '국민'이기 전에 저마다 오롯한 한 '인간'이고 싶기 때문이
다. 르낭의 말처럼 국가라는 허구의 집단에 틀어박히기 위
해 인류라는 거대한 들판에서 호흡하는 일을 포기하고 싶지
않기 때문이다. 우리는 '인간'이길 포기하지 않고 '국민'이기
위해 어떤 선택을, 어떤 싸움을 시작해야 하는 것일까. 『국

가란 무엇인가』는 이 질문에 대한 유시민의 대답이자, 동시에 '진보'라는 이름을 포기하지 않은 모든 시민들을 향한 뜨거운 '섞임'의 몸짓이다.

P.S. 이 글을 쓸 때 나는 온전히 '지식 소매상' 유시민의 『국가란 무엇인가』에 대한 최대한 객관적 리뷰를 쓰고 싶었다. 객관이란 처음부터 불가능함을 알면서도. 시끌벅적한 세상의 갑론을박 속에서 이 책을 담백하게 그저 '책으로서' 불러내고 싶었다. 하지만 책장을 넘기면 넘길수록 책에 스민 저자의 땀과 고뇌를 조금씩 이해할수록 차가운 객관은 이 책의 고유한 체온과 거리가 멀다는 것을 깨달았다. 이 책은 '국가'라는 기차 안에 분명히 타고 있음에도 불구하고 불현듯 뛰어내리고 싶은 충동을 느끼는 사람들, 분명히 당당하게 좌석표를 구입했음에도 불구하고 번번이 '입석' 취급당하며 자기 자리에 편히 앉을 수조차 없는 사람들에게 은밀하게 속삭인다. 당신들은 아니 우리들은 당당히 자신의 입장권을 '차장'에게 보여줘야 한다고. 우리 눈엔 분명 멀쩡한 차표인데 '공식적인' 차표가 아니라고 주장하는 차장과의 기나긴 실랑이에 지쳐 '차라리 내가 포기하자'라고 마음먹는다면, 우리는 점점 입석으로 화물칸으로 급기야는 위험

천만한 기차 지붕으로, 마침내 기차 바깥으로 내몰리고 말
것이라고.

그러나 이 싸움은 너무 힘겹다. 객석 곳곳에서 만나는 차
장들은 도무지 모국어가 통하지 않는 것 같다. 분명 '대한민
국'이라는 같은 기관차를 탔는데 당최 서로 말이 통하지 않
는다. 우리의 정당한 항의는 번번이 저쪽의 '거짓 사과'나 '물
대포 공격' 등에 부딪힌다. 불행 중 다행으로 우리는 촛불집
회를 통해서, 지난 선거를 통해서, '우리 편'이 결코 약하지
않다는 것을 확인했다. 문제는 이 애틋한 '우리 편'들이 좀처
럼 '연대'를 좋아하지 않는다는 것이다. 『국가란 무엇인가』
는 '너희 나라는 밉상이고 우리나라는 무조건 최고다'라는
식의 애국심이 아니라, '우리 국민이기 이전에 먼저 자유로
운 개인이 되자'고 '우리 시민이기 이전에 먼저 정의로운 인
간이 되자'는 외침에 동의하는 사람들이 모여 건설하는 새
로운 공동체를 향한 첫 발걸음이다. 이 싸움은 예전보다 더
욱 힘겨울 것이다. 이 싸움은 예전보다 더욱 혹독할 것이다.
유시민은 이런 힘겨운 싸움을 포기하지 않은 사람들을 '바
람을 거슬러 나는 새들'이라고 부른다. 그와 함께라면 바람
을 거슬러 날아가는 일도 외롭지만은 않을 것 같다.

비틀거리고
포기하고
싶을
때마다
되새기는
문장들

어떤 언어는 화살처럼 칼처럼 내면을 뚫고 들어와 지울 수 없는 상처를 남기지만, 어떤 언어는 빗물처럼 음악처럼 오래오래 가슴을 적시며 힘들 때마다 내면의 빛과 소금이 되어준다. 대학원 석사과정 때 선배들과 교수님들에게 이리저리 치이고 비판받으며 만신창이가 되었던 나는, 내 글을 유일하게 좋게 봐주셨던 한 교수님의 담담한 칭찬을 가슴에 새기며 외로운 날들을 버틸 수가 있었다. "이 학생의 글을 보십시오. 학문은 이렇게 앞으로 나아가는 것입니다. 비틀거리며 조금씩조금씩. 완벽하진 않지만 느리게 한 걸음씩. 이렇게 앞으로 나아가는 것입니다." 칭찬이 아니었을 수도 있지만, 항상 비난만 받던 나에게 그분의 말씀은 계속 비틀거리면서도 포기하지 않을 수 있는 용기를 주었다. 내게는 이음매 하나 없이 완벽하게 매끄러운 글을 쓸 능력은 없었지만, 내 망설임과 서성거림을 숨김없이 글 속에 녹일 수 있는 무모함과 솔직함이 있었다. 그게 나의 진정한 장점이 될 수도 있다는 것을 나는 십여 년 후에야 깨달았다.

삶의 고단함에 지쳐 공부를 포기하고 싶을 때가 많았다. 재능이 부족한 것 같아 글쓰기를 포기하고 싶을 때도 있었다. 그럴 때마다 니체의 문장이 마치 독초를 가득 섞은 신묘한 영약처럼 폐부 깊숙한 곳을 찔렀다. "삶의 사관학교로부터. ― 나를 죽이지 못한 것은 나를 더욱 강하게 만든다."(「잠언과 화살」, 8절, 『우상의 황혼』) 힘들 때마다 이 문장을 떠올리며 '이 고통은 아직 나를 못 죽였으니, 이제 강해지는 일만 남았네'라고 생각하곤 다시 일어날 힘을 얻곤 했다. "그것이 삶이었던가? 좋다! 그렇다면 다시 한 번!"(「환영과 수수께끼에 대하여」, 『차라투스트라는 이렇게 말했다』) 이 문장은 너무 비장해서 떠올릴 때마다 소름이 돋곤 했다. 그런데 곱씹을수록 참으로 뭉클한 문장이었다. 얼마나 생을 꾸밈없이 사랑하면, 이 끔찍한 생조차 다시 한 번, 또다시 한 번 반복할 용기가 생기는 것일까. 삶이 위험천만하게 보일 때마다, 나는 니체식 사유의 향기가 그윽한 이 두 문장을 되새기며 '그럼에도 불구하고 삶을 사랑하는 나 자신'에 대한 믿음을 다잡았다.

얼마 전에는 제90회 미국 아카데미 시상식을 보면서 내
가 좋아하는 배우 앨리슨 재니의 수상 소감을 들으며 함박
웃음을 지었다. 생애 첫 아카데미 조연상을 58세에 거머쥔
그녀는 트로피를 쥐자마자 전 세계 관객들을 향하여 환하게
미소 지으며 이렇게 말했다. "이건 오직 제가 혼자 이뤄낸
겁니다 did it all by myself." 당찬 수상 소감에 모두가 박장대소
했지만, 그 한 문장만으로도 그녀가 얼마나 피나는 노력을
기울여 그날의 영광을 쟁취했는지 알 수 있었다. 수십 명의
지인들에게 "모두 이분들 덕분입니다"라고 감사하는 인사
말에 익숙해진 나는 "이건 다, 그 누구도 아닌 제가 해낸 거
라고요!"라고 선언할 수 있는 그녀의 용기가 부럽고도 눈부
셨다. 누구의 특별한 지원도 없이 오직 자력으로 그 자리에
올라가기 위해 끊임없이 노력한 스스로를 향한 감사의 말로
들렸다. 뻔한 수상 소감이 아닌 '나 자신을 위한 경의와 존중'
이 가득 담긴 그 말 덕분에 깨닫게 되었다. 남들이 칭찬해주
기만을 기다리는 것이 아니라, 때론 내가 나 자신을 적극적
으로 칭찬하고 존중하며 배려해야 한다는 것을.

많은 일에 실수도 하고 실패도 하면서 자존감이 위축될
때는 버나드 쇼의 문장을 읽으며 기운을 냈다. "실수하며 보

낸 인생은 아무것도 하지 않고 보낸 인생보다 훨씬 존경스러울 뿐 아니라 훨씬 더 유용하다." 용기를 주는 문장이다. 실패가 두려워 무엇에도 도전하지 않는 삶보다는 실수와 실패의 위험을 감내하며 한 걸음씩 앞으로 나아가는 삶의 주인공이 되고 싶어졌다. 온갖 욕심과 미련 때문에 삶을 바라보는 눈이 흐려질 때는 헨리 데이비드 소로의 문장을 읽는다. "나는 생을 깊게 살기를, 인생의 모든 골수를 빼먹기를 원했으며, 강인하고 엄격하게 살아, 삶이 아닌 것은 모두 때려 엎기를 원했다." 『월든』을 읽을 때마다 나는 그토록 닳고 닳아버린 생이 눈부신 축복으로 다시 시작되는 소리를 듣는다. 아름다운 문장들 속에서 나는 내가 반드시 내 손으로 헤쳐나가야 할 생의 장애물들을 바라보며 이렇게 생각해본다. 우리가 그토록 원망하고 증오하고 타박한 모든 시간들 속에 반드시 우리가 놓친 눈부신 생의 진실이 있을 거라고.

낯섦과
예측 불가능성에
몸을
던져본 적
있나요

인간은 두 번 태어난다. 한 번은 어머니의 자궁에서, 또 한 번
은 여행길 위에서. 이제껏 한 번도 여행을 떠나지 않았다면, 모
두에겐 또 한 번의 탄생이 남아 있는 셈이었다.

— 파비안 직스투스 쾨르너, 배명자 옮김, 『저니맨』,

　위즈덤하우스, 2014, 12쪽.

　단순히 즐기거나 쉬기 위한 여행이 아니라, 모험이나 수
련을 위해 떠나는 여행만이 지닌 매력이 있다. 그것은 자신
의 한계와 맞닥뜨리는 순간의 숨 막힐 듯한 긴장과 공포가
마침내 삶에 대한 커다란 깨달음으로 전이되는 기쁨이다.
그래서 나는 젊은이들에게 '너무 많이 준비하는 여행'의 위

험성을 일깨워주고 싶다. 그 준비가 '예측 가능한 안전한 상황 속에서만 무언가를 즐기려는 계산속'이라면 더욱 여행의 낭만을 저해하는 것이기 때문이다. 모든 자잘한 세부 사항까지 다 알고 가는 여행은 새로운 발견이라기보다는 알고 있는 사실의 재확인에 그칠 수 있다. 김기림의 시 「바다와 나비」(『바다와 나비』, 신문화연구소출판부, 1946.)에서 그곳이 바다인지도 모른 채 떠나는 나비의 여행이 아름다운 이유도 바로 '아무도 그 수심을 일러주지 않았기 때문'이다. 바다가 얼마나 깊은지 얼마나 넓은지, 바다라는 곳이 과연 어떤 위험을 품고 있는지 아무도 알려주지 않았기에 나비의 여행은 아름다울 수 있다.

아무도 그에게 水深을 일러 준 일이 없기에
흰나비는 도무지 바다가 무섭지 않다.

靑무우밭인가 해서 내려갔다가는
어린 날개가 물결에 절어서
公主처럼 지쳐서 돌아온다.

三月달 바다가 꽃이 피지 않아서 서글픈

나비 허리에 새파란 초생달이 시리다.

흰나비는 처음에 바다가 무섭지 않았다. 사실 바다에 매
혹되었다. 그 푸르른 빛깔이 펼쳐 보이는 무한한 가능성을
향하여 흰나비는 무작정 날아갔다. 수심은 우리가 힘든 일
을 시작하기 전에 가늠해야 할 모든 위험의 가능성을 상징
한다. 아플 수도 다칠 수도 마음에 커다란 상처를 입을 수도
있다. 사랑하는 이를 영원히 잃어버릴 수도 있고, 천금 같은
친구와 영영 이별할 수도 있다. 하지만 처음 여행을 가는 자
는 어쩌면 이 위험을 제대로 몰라야 진정으로 떠날 수 있는
것이 아닐까. 위험을 알고도 길을 나서는 것은 용기의 발로
이지만, 위험을 모른 채 무작정 떠나는 여행은 젊음의 눈부
신 특권이기도 하다. 나비는 그렇게 떠났다. 그런데 아무리
훨훨 날고 또 날아도 바다의 끝이 보이지 않았다.

나비는 이제야 자신의 어리석음을 깨닫는다. "靑무우밭
인가 해서 내려갔다가는" 바다의 광대무변함에 질겁하여
다시 돌아온다. '청무우밭'에 내려가면 먹을 것이라도 있을

텐데, 바다에는 그 어떤 식량도 마련되어 있지 않다. 급기야 나비는 육지로 후퇴한다. "어린 날개가 물결에 절어서 / 公主처럼 지쳐서 돌아온" 것이다. 습자지보다 가볍게 훨훨 날아올랐던 나비의 날개는 이제 물결에 절어 고난에 젖어 무겁게 축 늘어지고 만다. 전사처럼 결연히 떠났던 나비는 공주처럼 연약하게 지쳐 돌아온 것이다.

　하지만 나비가 모험을 완전히 포기한 것은 아니다. 춥고 스산한 삼월의 바다에서 나비가 찾고 있던 것은 어쩌면 '바다에 핀 꽃'이 아니었을까. 땅에도 꽃이 피는데 왜 바다에는 꽃이 피지 않을까. 호기심 많고 스스럼없는 이 어린 나비는 궁금했던 것이 아닐까. "三月달 바다가 꽃이 피지 않아서 서글픈" 마음이지만, 겁 없이 힘차게 떠날 때의 나비와 지쳐 다시 돌아온 나비 사이에는 엄청난 차이가 있다. 바다가 '청무우밭'의 푸른빛을 띠는 시간은 분명히 햇빛이 창창한 대낮이다. 그러나 피곤에 절어 돌아온 나비의 허리에는 '새파란 초생달'이 아른거린다. 나비는 하루 종일 필사적으로 그 머나먼 바다를 날았던 것이다.

　그야말로 돛대도 없이 삿대도 아니 달고 제 몸에 달린 파

리한 날개 하나만 믿고 날아올랐던 나비의 용기는 사실 '무
지'에서 나온 것이기도 했다. 바다의 수심, 세상의 위험에 대
한 천진난만한 무지가 나비를 용감하게 만들었다. 하지만
이 어린 나비를 바라보는 시적 화자의 마음은 '용감하다, 무
지하다, 아직 멀었다'는 식의 이성적 판단이 아니라 여백 많
은 동양화를 고즈넉하게 바라보는 듯한 처연함의 감정이다.
꽃이 피지 않아 '서글픈' 나비를 향해, 시인은 새파란 초생달
이 '시리다'라고 속삭인다. 서글픔과 시림. 그것은 어쩌면 나
비의 감정이 아니라 시인의 감정일 것이다. 그 끔찍한 수심
을 알았더라면 결코 바다로 상징되는 저 세상으로 뛰어들
지 않았을 것이라는 회한의 감정일지 모른다. 하지만 그것
은 순수한 영혼이 거쳐야만 하는 필연이기도 하다. 무지하
기 때문에, 겁이 없기 때문에, 계산하지 않기 때문에 뛰어드
는 마음. 그것이 바로 유토피아를 향한 열정이고, 여기가 아
닌 다른 세상을 향한 포기할 수 없는 이상이기 때문이다.

 20대 시절 이 시를 처음 봤을 때의 감정은 '아름다움과 짧
음'에 대한 감탄이었다. 어떻게 이렇게 짧은 시에 이렇게 거
대한 풍경을 과감하게 담을 수 있을까. 시를 읽는 순간 펼쳐
지는 거대한 바다의 화폭은 그 광대한 바다를 홀로 날아가

는 나비의 작고 여림 때문에 더더욱 눈부시게 보였다. 지금
은 바다의 수심을 알아버린 시인의 아픈 마음을 곱씹으며
이 시를 다시 읽는다. 나는 믿는다. 바다의 그 헤아릴 수 없
는 깊이를 처절하게 경험해본 자만이 이런 시를 쓸 수 있을
거라고. 바다보다 더 아픈 심연 속으로 자신을 던져본 사람
만이 이런 시를 쓸 수 있을 거라고.

　사람들은 내게 묻는다. 여행할 때 어떤 책을 가져가야 하
느냐고. 실용적인 도움을 주는 책이 무엇이냐고. 그 순간 나
는 반사적으로 좋은 책들을 권한다. 하지만 어떤 좋은 책도
'좋은 책조차 훌훌 버리고 떠나는 자의 용기'를 따를 수 없다.
언제부턴가 나는 여행 책자를 샀다가도 갈 때는 버리고 떠
나기 시작했다. 바다의 수심에 대한 공포 때문에, 이 세상의
낯섦에 대한 두려움 때문에, 집에서는 한 번쯤 여행 책자를
펼치지만 길을 나설 때는 고이 책장에 꽂아놓은 채 떠난다.
수심을 모르는 여행의 눈부신 매혹을 알아버렸기 때문이다.
누구의 도움도 없이, 어떤 길잡이도 없이, 다 잘될 거라는 희
망도 없이 바다의 푸르름만 시리게 바라보며, 이상의 아름
다움만 곧게 쳐다보며 머나먼 길을 떠나본 사람만이 이런
시를 쓸 수 있으리라.

이미지의
홍수에서
나의
눈을
지키는 법

글자는 누구나 읽을 수 있지만 이미지를 제대로 읽을 줄
아는 이는 드물다. 이미지는 앎의 대상이 아니라 느낌의 대
상으로 통용된다. 게다가 이미지를 읽는다는 행위 자체가
오랜 훈련을 필요로 하기 때문이다. 하지만 이미지의 홍수
속에 매일 노출되어 있는 현대인은 자신도 모르게 이미 숙
달된 이미지 비평가가 되어 있다. '저 정치인은 지금 국민을
상대로 악어의 눈물을 흘리고 있네.' '저 영화배우는 늘 착한
역할만 도맡지만, 실제 삶은 정반대일 것 같아.' '저 사람은
인상이 참 나빠. 가까이하지 말아야겠군.' '저 사람 예쁘지는
않지만 은근히 사람을 홀리는 무언가가 있군.' 우리는 이런
식으로 끊임없이 이미지를 분석하고 판단하고 행동의 기준
으로 삼는다. 처음 보는 카페나 음식점에 아무런 사전 정보
없이 '그저 느낌이 좋아서' 불쑥 들어가기도 한다. 이때 그 막

연한 인상, '느낌이 좋아서'란 곧 '이미지가 긍정적으로 해석되어서'인 셈이다. 포털 기사와 소셜 네트워크, 텔레비전 프로그램과 광고 등만 합쳐도 우리는 하루에 수천 개 이상의 이미지를 꾸역꾸역 섭취한다. 문제는 우리가 만든 이미지에 스스로 책임을 질 수 있는지, 그 이미지들을 재료 삼아 과연 어떤 세상을 만들어갈까 하는 점이다.

진중권의 『이미지 인문학 1』은 현실과 가상이 마구 섞여 드는 혼돈의 세계를 살아가는 현대인을 위한 다양한 철학적 화두를 제시한다. 이 책을 읽다 보면, 이미지를 공기처럼 물처럼 마시고 흡수하며 생활하는 현대인이 정작 '이미지로 사유하기'를 등한시했음을 깨닫게 된다. "컴퓨터 테크놀로지는 '주체(인간)-객체(세계)'라는 근대 철학의 패러다임을 무너뜨린다. 디지털 시대에 인간은 주체subjeckt에서 기획projeckt으로서 진화하고, 세계는 주어진 것datum에서 만들어진 것faktum으로 변화한다." 이 선언은 여러 번 곱씹을수록 등골이 서늘해진다. 인간이 세계를 보고 만지고 느끼는 세상을 넘어, 디지털시스템이 인간을 기획하고 제작하며 지휘하는 세계 속을 아무런 경계심 없이 살아가는 듯한 섬뜩한 느낌을 주는 것이다. 하지만 이 책의 진정한 기획 의도는 각

종 이미지를 둘러싼 담론에 무신경했던 독자들에게 '이미지
가 중요하다'고 설파하는 것이 아니라, '이미지를 해석하고
공유하고 마침내 새롭게 창조하는 우리 자신이 중요하다'는
것이다. 그런 뜻에서 가장 인상적인 대목은 '푼크툼punctum',
즉 우리에게 상처로 다가오는 이미지에 대한 설명이다.

　우리는 우리 자신을 아프고 슬프게 하는 이미지로부터 벗
어나려는 경향이 있다. 그러나 쏟아지는 이미지의 홍수에
저항하며 진정한 주체로 거듭나는 유일한 길은 나를 괴롭히
는 이미지와 당당하게 대면하는 것이 아닐까. 예컨대 제2차
세계대전 당시 나치의 만행을 담은 수많은 기록사진을 비롯
하여, 아무리 보고 또 보아도 결코 익숙해지지 않는 거대한
상처의 이미지들이야말로 외면해서는 안 될 세계의 트라우
마다. 대중의 가슴속에 결코 지워지지 않을 커다란 집단적
상처의 이미지, 영원한 푼크툼으로 남게 될 이미지들은 우
리를 끊임없이 괴롭히고 상처 입히는 만큼, 우리로 하여금
새로운 세상을 꿈꾸게 하고 더 나은 삶의 길을 사유하게 만
든다. 지금까지 철학은 이미지를 해석하기만 했다. 문제는
사악한 이미지와 투쟁하고, 세상을 바꾸는 이미지를 창조해
내고, 마침내 그 이미지들로 세상을 변혁해내는 것이다.

Claude Monet

가족을
지키기 위해
전사가
된
여인들

"여자가 가문을 빛낼 수 있는 길은 오직 하나! 멋진 상대 만나 시집가는 길뿐!" 디즈니 애니메이션 「뮬란」의 한 대목이다. 여성의 사회 진출을 허용하지 않던 시절, '바람직한 신붓감'의 마지노선을 통과하지 못한 여성 앞에는 어떤 삶이 기다리고 있었을까. 중국과 한국의 옛이야기 「목란사木蘭辭」와 『박씨부인전』에는 '신붓감 콘테스트'에 통과하지 못한 여인들의 파란만장한 라이프 스토리가 펼쳐져 있다.

환영받지 못하는 신붓감

「목란사」를 현대적으로 각색한 디

즈니 애니메이션 「뮬란」에서 여인네들은 노래한다. "남자는
전쟁터에서 싸우고, 여자는 집에서 자식을 낳고!" 그런 시대
에 살았던 소녀 파뮬란花木蘭은 도깨비보다 더 무섭다는 중
매쟁이에게 퇴짜를 맞고 아예 맞선 자리에 나가지도 못한
채 집안 망신을 시키는 천덕꾸러기가 된다. 뮬란은 우아하
고 조신하게 행동하지 못하는 자신의 말괄량이 기질을 숨
기지 못한다. 우리의 박씨 부인은 어떤가. 그녀는 일단 시집
을 가기는 했으나 '추한 외모'로 남편에게 푸대접을 받는다.
남편 이시백은 '외모보다는 재주와 인덕을 보라'는 아버지
의 충고를 따르려 하지만, 막상 그녀의 천하박색을 마주하
니 도저히 사랑하고 싶은 생각이 들지 않았다.

　그 용모를 보니 (…) 얽기는 고석古石 같고 붉은 중에 입과 코
가 한데 닿고, 눈은 달팽이 구멍 같고 치불거지고, 입은 크기가
두 주먹을 넣어도 오히려 넉넉하며, 이마는 메뚜기 이마 같고,
머리털은 짧고 심히 부하니 그 형용이 차마 보지 못할러라.

　— 구인환 엮음, 「박씨부인전」, 『임경업전』,

　　신원문화사, 2004, 74쪽.

　화목란과 박씨 부인은 '좌절된 여성성'을 어떻게 되찾을
수 있을까. 그녀들에게는 자신의 능력을 펼칠 절호의 기회
가 찾아오는데 바로 '전쟁'이다. 애니메이션의 철부지 말괄
량이 소녀 파뮬란은 아픈 아버지를 대신해 갑옷을 몰래 훔
쳐 입고 남장을 한 채 전쟁터로 나가 공을 세워 금의환향한
다. 박씨 부인의 영웅 서사는 더욱 놀라운 모험으로 가득 차
있다. 그녀는 병자호란이라는 조선 역사상 최고의 치욕적
패배를 설욕하는 환상 속 영웅으로 거듭난다. 적장 용골대
의 동생(가상 인물)을 죽이고 병조판서인 남편이 무사히 자신
의 임무를 수행할 수 있도록 최고의 참모진 역할을 수행한
것. 게다가 천하의 추녀였던 박씨 부인은 절세가인의 미녀
로 변신해 남편을 '유혹'하는 데 성공(?)하기까지 한다.

　화목란과 박씨 부인은 동양의 옛이야기에 나오는 전형적
인 희생적 여성상과는 거리가 멀다. 원작 「목란사」에서 목
란은 무려 12년 동안이나 남장을 하고 전쟁터를 전전했지
만 아무도 그녀가 여자임을 알아채지 못했다. (애니메이션 「뮬
란」은 극적 긴장감을 조성하기 위해 이야기 중간 그녀가 여성임이 밝혀져
군대에서 축출당하는 내용을 넣었다.) 화목란의 극적 변신이 '남장'
이었다면 박씨 부인의 극적 변신은 '천하박색'에서 '천하일

색'으로의 탈바꿈이었다. 아주 뛰어난 능력을 지닌, 그러나 누가 봐도 못생겨서 핍박받은 여인 박씨 부인의 일생은 기구하기 짝이 없다. 그녀는 인현왕후 같은 요조숙녀도 아니고 성춘향처럼 드라마틱한 신분 상승의 주인공도 아니다. 그렇다고 『심청전』의 뺑덕어멈이나 『콩쥐팥쥐』의 팥쥐 엄마 같은 악녀-추녀 계열도 아니다. 박씨 부인은 '청순가련형 미인'이나 '극악무도한 추녀형' 캐릭터와는 전혀 다른 길을 보여준다. 그녀가 추녀로 위장했던 이유가 걸작인데, 남편의 글공부와 출세에 방해가 될까 봐 미모를 감추었다는 것이다. 박씨 부인은 '내가 그동안 박색으로 지낸 것은 남편이 공부에 전념토록 하기 위해서였다!'고 선언한다.

여성성 은폐,
그녀들의 투쟁

애니메이션의 파뮬란은 좋은 혼처에 당당히 내놓기 어려운 말괄량이 근성 때문에 부모님의 골칫거리가 되고, 결코 에로틱한 대상이 될 수 없을 것만 같은 박씨 부인의 외모에 남편 이시백은 기가 질린다. 파뮬란

도 박씨 부인도 자신의 꿈을 이루기 위해 철저하게 자신의
여성성을 은폐하기로 한다. 파뮬란은 아버지 대신 군인이
되고, 박씨 부인은 신통력을 발휘해 제갈량 뺨치는 지모와
홍길동 맞짱 뜨는 도술로 전쟁 영웅이 된다.

　지난밤 본 징집영장은 / 황제께서 내리신 동원령. / 징집영장
열두 번이나 왔었는데 / 그때마다 아버지 이름이 끼어 있소. /
아버지에게는 장남이 없고 / 나에겐 오라버니가 없구나. / 시장
에서 말과 안장을 사서 / 아버지 대신 싸움터에 나가겠소. (…) 연
산의 오랑캐 말 울음소리만 들릴 뿐. / 만 리 길 전쟁터에 나서
고 / 날듯이 관문과 산을 넘었네. / 싸늘한 바람은 종소리 울리
고 / 차가운 달빛은 철갑옷을 비추네.

　─ 작자 · 연대 미상, 「목란사」 중에서

　아버지를 끔찍이 위하는 효심 말고는 별 특기가 없던 화
목란에 비해 박씨 부인의 재주는 '그녀가 아직 추녀였을 때'
도 신출귀몰했다. 하룻밤 만에 시아버지의 조복朝服을 만들

어 모두를 놀라게 하고, 명마名馬를 알아보고 싼값에 사서 비싸게 파는 재테크 기술도 출중했으며, 백옥 연적으로 남편을 과거에 장원급제시키는가 하면 피화당避禍堂을 짓고 나무를 심어 앞으로 다가올 변란에 철저히 대비하기까지 했다.

그러나 박씨의 재능은 시아버지만이 알아줄 뿐 남편과 시어머니를 비롯한 모든 집안사람은 인정해주지 않는다. 남편 이시백은 박씨가 허물을 벗고 절세미인으로 거듭나자 이제 와서 부인이 좋아죽겠다며 뒤늦은 상사병을 앓는다. 서시나 양귀비도 저리 가라 할 만한 경국지색 미모로 탈바꿈한 박씨 부인을 대하는 모든 사람의 태도는 눈에 띄게 달라진다. 이전 추한 외모를 묘사하는 대목만큼이나 그녀의 되찾은 미모를 묘사하는 대목도 우스꽝스럽고 과장된 측면이 있다. 박씨 부인의 캐릭터 자체가 예나 지금이나 여성의 미모에 울고 웃는 세태를 통쾌하게 풍자한 것인지도 모른다.

애니메이션 「뮬란」과 중국 옛이야기 「목란사」 사이에는 사실 많은 차이가 있다. 이 차이를 통해 변화한 여성상, 근대 이전과 이후의 여성 롤 모델의 변화, 서양과 동양 여성상의 차이도 추론해낼 수 있지 않을까. 중국 전설의 판본 중에서는 목란이 여성임을 알게 된 중국 황제가 그녀를 첩으로 삼으려고 하는 내용이 담긴 판본(『목란전』)도 있다. 이 판본에서 목란은 황제의 요구를 '신하는 임금의 첩이 될 수 없다'는 이유로 거부하며 자결하는 비극의 주인공이 된다.

 원작 「목란사」가 '영웅 신화'의 비장미보다는 남장조차 불사해야 했던 화목란의 비극적 삶에 초점을 맞춘다면, 인어공주조차 살려내 왕자와 기어이 결혼시키는 해피엔딩 제조 공장 디즈니는 뮬란이 자신이 선택한 사랑인 리샹과 행복한 결말을 이루는 것을 암시하며 이야기를 끝낸다. 또한 「뮬란」 초반부에 나오는 중매를 통한 결혼에 얽힌 에피소드는 원작에 없다. 전통 사회에서 요구하는 '바람직한 여성상'에 저항하는 화목란을 현대적으로 재구성한 셈이다.

 디즈니 「뮬란」에서 강조되는 '여성의 자아 정체성' 문제는 사실 원작에서는 찾아보기 어렵다. 옛이야기 속 화목란은 자유의지로 선택하는 낭만적 사랑, 혼란 속에서도 반드시 찾아내야 하는 자아 정체성, 자기만의 개성으로 성취하는 자아실현 같은 근대적 가치와는 거리가 멀다. 디즈니가 아닌 중국에서 만든 영화 「뮬란: 전사의 귀환」은 사랑하는 사람을 눈앞에 두고서도 '국가를 위해' 그와 헤어지는 비극적 스토리를 보여준다. '내 사랑'과 '나의 꿈'을 내 손으로 반드시 찾는다는 디즈니 애니메이션식 서구적 개인주의는 중국 영화 「뮬란」에서 좀처럼 발 디딜 틈이 없는 것이다.

  애니메이션은 뮬란을 '중국의 전통'과 거리가 먼 인물, 나아가 중국의 전통과 결별하는 파격적 인물, 좀 더 미국화하고 서구화한 현대 여성의 롤 모델로 그려냈다. 디즈니가 그린 파뮬란이 중매쟁이를 만나러 가기 전에 입던 복장과 화장은 중국적이라기보다는 일본적 냄새가 물씬 풍기고, 흉노족의 피부를 지나치게 어둡게 처리하고 적장의 모습을 괴물처럼 묘사한 것은 인종주의적 혐의를 벗기 어렵다. 이렇듯 화목란은 디즈니를 통해 재해석됨으로써 여전히 오리엔탈리즘적 시선을 벗어나지 못한 미국 사회의 가치관을 보여주기도 한다. 그녀는 '개인보다 국가가 중요한 현대 중국'에서도, '동양의 전통보다는 서구의 합리주의가 중요한 미국'에서도 이해받지 못하는 캐릭터가 아니었을까.

  박씨 부인의 삶에도 간난신고를 통한 궁극적 승리만이 도드라지는 것은 아니다. 일단 남편 이시백은 그녀가 추녀였

을 때는 부인으로서 대접을 전혀 해주지 않았고, 그녀가 미
녀로 변신하자 그제야 환호작약하며 그녀에게 '넘치는 애
정'을 보여주었기에, 참으로 '인간적'이기는 하지만 부인의
배포에 어울릴 만한 위대한 인물이라고는 볼 수 없다.

　박씨 부인 이야기에서 주목할 만한 공간은 '피화당'이다.
'남한산성'에서의 처절한 패배와 굴욕의 외교사를 환상적으
로 전복하는 공간이 바로 박씨 부인의 은신처이자 베이스캠
프, 피화당이기 때문이다. 박씨 부인과 시종 계화는 병자호
란에서 주도적 역할을 했던 용골대의 동생 용울대를 처치하
고, 전란으로 겁을 잔뜩 먹고 몸을 사리는 조정 대신들에게
낭보를 전한다. 계화가 청나라 장수를 처치하는 장면에서는
'패배한 역사'를 '환상의 서사'로 전복하려는 의지가 읽힌다.
용울대는 계화의 손에 죽기 전에 장탄식을 내뱉는다. "대장
부가 세상에 나서 만리타국에 대공大功을 바라고 왔다가, 오
늘날 조그마한 계집의 손에 죽을 줄 어찌 알리요."

　호장 등이 백배사례하고 용골대 아뢰되, "황공하오나 소장의
아우 머리를 주옵시면 덕택이 태산 같을까 바라나이다." 박씨

웃으며, 일변 꾸짖어 가로되, "그리는 못 하리로다. 옛날 조양자
는 지백의 머리를 칠하여 술잔을 만들어 진양성의 분함을 씻어
천추만세에 유전하였으니, 이제 우리는 너의 아우 머리를 칠하
여 강화성의 분함을 씻으리라" 한대 용골대 이 말을 듣고 아무
리 대성통곡한들 어찌하리요.

— **구인환 엮음, 앞의 책, 116~117쪽.**

남한산성에서 조선의 왕은 청나라 장수에게 머리를 조아
려 치욕적인 항복을 했지만, 『박씨부인전』에서는 '피화당'이
라는 여인의 은신처에서 적장의 머리가 싹둑 잘리고, 용골
대를 무릎 꿇리는 '상상의 쾌거'가 이루어지는 것이다.

평범함으로 귀환하는
현대적 영웅의 탄생

현대인의 눈에 비친 화목란과 박
씨 부인은 페미니즘을 수호하는 열혈 여전사처럼 보일지도

모르지만, 실제로 그녀들이 싸워야 했던 진짜 적은 바로 '가족을 지킬 수 없을지도 모른다'는 절박한 두려움이 아니었을까. 그녀들은 '여성의 권리를 찾는다'는 대의명분이 아니라 눈앞에 닥친 가족들의 위험에 대처하기 위해 자신의 여성성을 스스로 버렸다. 그러나 그녀들이 진짜 싸우고 싶은 대상은 그녀들의 파란만장한 운명 자체가 아니었을까. 못생겼다고 해서 여자라고 해서 이 세상 그 누구에게도 대접받지 못하는 자신의 쓸쓸한 삶과 투쟁을 벌인 것이 아닐까.

　아버지 때문만은 아니야. (내가 남장을 하고 참전한) 진짜 이유는 나도 뭔가 옳은 일을 할 수 있다는 것을 증명하고 싶었기 때문이야. 그래서 거울 속의 나를 들여다볼 때면 뭔가 가치 있는 나를 발견하고 싶었어.

　― 디즈니 애니메이션 「뮬란」 중에서

　디즈니 애니메이션의 여타 영웅과 달리 파뮬란은 비범한 능력을 지닌 초월적 존재가 아니다. 백설공주처럼 태어날 때부터 공주인 것도 아니다. 중국 농촌은 물론 조선이나 일본에서도 흔히 볼 수 있는 평범한 소녀다. 박씨 부인 또한 거창한 목표 때문에 힘겨운 싸움을 시작한 것이 아니었다. 국가에 대한 올곧은 충성이나 역사에 길이길이 기억되고 싶은 욕망이 들끓고 있는 것이 아니었다. 파뮬란과 박씨 부인이 오늘날 여성들에게도 친숙한 캐릭터가 될 수 있는 까닭은 현대 사회가 '평범성' 속에서 영웅성을 이끌어내려고 하기 때문이 아닐까. 출신 성분이나 애국심 때문이 아니라, 가족에 대한 사랑 때문에 자신의 목숨을 거는 용기는 모든 사람의 평범성 안에 숨겨진 비범함이니.

화목란과 박씨 부인은 진정한 여성성이란 무엇인가를 되묻는 논쟁 속에서 언제든 호출될 수 있는 존재들이다. 그들은 '여성적 행복'과는 거리가 먼 '전쟁 영웅'의 삶을 통해 자신을 무시하는 사람들의 시선으로부터 가까스로 벗어날 수 있었다. 그러나 전쟁 영웅으로 금의환향한 후 애니메이션 속 뮬란은 낭만적 사랑을 선택했고, 영화 속 뮬란은 베틀 앞으로 돌아와 '효녀'로서의 본래 역할로 귀환했으며, 옛이야기 속 목란은 무사히 고향으로 되돌아올 수 있다는 사실만으로 안도하거나 또 다른 판본에서는 황제의 첩실이 되지

않기 위해 자결하기까지 한다. 박씨 부인은 어떤가. 전쟁 영
웅이 되었지만 공로는 남편 이시백에게 돌아갔으며 그녀는
충렬 부인에 봉해진 것에 만족해야 했다.

두 주인공은 여성의 사회 활동이 보장되지 않았던 시대에
남성보다 더 남성적인 투사가 되어 몸으로 전란을 이겨낸
다. 피화당은 박씨 부인의 승리의 장소이기도 하지만, 현실
에서는 좀처럼 찾아보기 어려웠던 '여성들의 은신처'이기도
하다. 박씨 부인은 전쟁이 일어나자 가장 먼저 '여성들'을 자
신의 은신처 피화당에 숨겨준다. 현실에서는 불가능한 이러
한 환상의 서사가 태어난 이유는 무엇이었을까. 전쟁이 일
어났을 때 가장 큰 위험에 처하는 존재가 바로 여성이었기
때문은 아닐까. 여성들은 목숨뿐 아니라 항시적으로 성적
위협을 받았고, 청나라 군사의 '손길'만 닿아도 '몸을 더럽힌'
증거가 되던 시대였다. 청나라에 볼모로 끌려가 천신만고
끝에 고향에 돌아와도 '화냥년' 소리를 들어가며 평생 고통
속에 살아가야 했던 조선의 여성들. 그녀들은 임금조차 벌
벌 떨게 만들었던 청나라 장수도 물리치고, 모자란 남편도
기꺼이 받아주는 여장부 박씨 부인의 환상적 승리담 속에서
애틋한 위안을 받지 않았을까.

『박씨부인전』에는 박씨를 향해 억울함을 호소하는 조선 여인네들의 뼈아픈 삶의 흔적이 담겨 있다. 박씨 부인은 남성을 제압하는 여전사가 아니라 자신처럼 아프고 자신처럼 슬픈 여성들의 삶을 어루만지는, 현실에 없는 구원자가 아니었을까. 파뮬란이 오늘날 여성들에게 '내 운명을 만들어가는 것은 그 누구도 아닌 바로 나'라는 용기를 심어주듯이.

내 마음속 진심을 온 세상에 알릴 거야. 그리고 나 자체로 사랑받을 거야. 내가 바라보는 저 소녀는 누굴까. 날 똑바로 마주보는 저 소녀. 왜 나의 비친 모습은 내가 알지 못하는 누군가일까. 영원히 나는 다른 사람인 척해야 하는 걸까. 언제쯤 나의 비친 모습이 내 마음속 진실을 드러낼 수 있을까. 나에겐 자유롭게 날아오르고 싶은 마음이 있어.

— **디즈니 애니메이션 「뮬란」** OST 'Reflection' **중에서**

8월의 화가

클로드
모네

클로드 모네

Claude Monet

1840년 파리에서 태어났다. 르아
브르에서 유년 시절을 보내며 풍경화를 익혔다. 1862년 파리
샤를 글레르 스튜디오에서 르누아르, 시슬레, 바지유와 교유
한다. 1873년 '무명의 화가 및 조각가, 판화가 협회'를 조직해
이듬해 단체전에 작품을 출품했는데, 그의 「인상, 해돋이」의
제명에서 '인상파'란 이름이 생겨났다. 1883년 지베르니로
이주하여 1890년부터 연작물에 매달린다. 「건초 더미」, 「루
앙 대성당」, 「수련」 연작 등은 그의 대표적 작품으로 동일한
사물이 시간과 빛에 따라 어떻게 변하는지를 보여주었다. 만
년에 점점 시력을 잃어 두 차례 수술을 받았지만 그림 그리
기를 멈추지 않았다. 1926년 지베르니에서 사망한다.

알록달록

서로 다른 차이들이 만드는 아름다운 세상

지은이   정여울

2018년 8월 16일 초판 1쇄 발행

책임편집   홍보람
기획 · 편집   선완규 · 안혜련 · 홍보람
기획위원   이승원
디자인   형태와내용사이
타이포그래피   심우진 one@simwujin.com

펴낸이   선완규
펴낸곳   천년의상상
등록   2012년 2월 14일 제2012-000291호
주소   (03983) 서울시 마포구 동교로45길 26 101호
전화   (02) 739-9377
팩스   (02) 739-9379
이메일   imagine1000@naver.com
블로그   blog.naver.com/imagine1000

ⓒ 정여울, 2018

ISBN   979-11-85811-56-7 03810

잘못된 책은 구입처에서 바꾸어드립니다.
이 도서의 국립중앙도서관 출판예정도서목록(CIP)은 서지정보유통지원시스템 홈
페이지(http://seoji.nl.go.kr)와 국가자료공동목록시스템(http://www.nl.go.kr/
kolisnet)에서 이용하실 수 있습니다. (CIP제어번호 : CIP2018024083)